国家出版基金项目
NATIONAL PUBLICATION FOUNDATION

古代西南少數民族漢語詩文集叢刊·回族與土家族卷

總主編　徐希平
分卷主編　孫紀文
分卷副主編　王猛　楊學娟　丁志軍

巴蜀書社

# 素軒集

〔明〕沐昂　撰
左志南　段海宇　整理

# 馬繼龍詩選

〔明〕馬繼龍　撰
左志南　整理

# 賽嶼詩文輯佚

〔清〕賽嶼　撰
左志南　整理

圖書在版編目(CIP)數據

素軒集/(明)沐昂撰;左志南,段海宇整理. 馬繼龍詩選/(明)馬繼龍撰;左志南整理. 賽嶼詩文輯佚/(清)賽嶼撰;左志南整理. 成都:巴蜀書社,2024. 12. —(古代西南少數民族漢語詩文集叢刊·回族與土家族卷/徐希平總主編;孫紀文分卷主編).
—ISBN 978－7－5531－2322－6

Ⅰ. I222. 748

中國國家版本館 CIP 數據核字第 20246PX079 號

SUXUANJI
**素軒集**
(明)沐　昂　撰
左志南　段海宇　整理

MAJILONG SHIXUAN
**馬繼龍詩選**
(明)馬繼龍　撰
左志南　整理

SAIYU SHIWEN JIYI
**賽嶼詩文輯佚**
(清)賽　嶼　撰
左志南　整理

策劃編輯　張照華
責任編輯　張照華　張紅義　白亞輝
責任印製　谷雨婷　田東洋
封面設計　木之雨
出　　版　巴蜀書社
　　　　　(成都市錦江區三色路 238 號新華之星 A 座 36 樓
　　　　　郵編區號 610023)
　　　　　總編室電話:(028)86361843
網　　址　http://www.bsbook.com
　　　　　發行科電話:(028)86361856
經　　銷　新華書店
照　　排　成都木之雨文化傳播有限公司
印　　刷　四川宏豐印務有限公司(028)84622418　13689082673
成品尺寸　170mm×240mm
印　　張　25.75
字　　數　330 千
版　　次　2024 年 12 月第 1 版
印　　次　2024 年 12 月第 1 次印刷
書　　號　ISBN 978－7－5531－2322－6
定　　價　180.00 元

# 古代西南少數民族漢語詩文集叢刊

回族與土家族卷主編

孫紀文

回族與土家族卷副主編

王　猛　楊學娟　丁志軍

回族與土家族卷編委會（參與整理人員）

孫紀文　王　猛　楊學娟　丁志軍　李小鳳　左志南　梁俊杰　彭容豐

# 凡例

一、整理工作主要包括標點、校勘、輯佚、補遺等方面，除特殊情形需要説明外，一般不作注釋。部分詩文集於正文後增列附録，以利研究。

二、整理後的各集一般沿用原書名及原有編輯體例。有多個子集而無全集者，由整理者根據通行原則命名和編排；集名、體例不明者，由整理者確定體例，并根據通行原則重新命名。

三、各卷依據詩文集篇卷多寡確立分册。篇卷多者，可分多册；篇卷少者，可多人合册。

四、叢書統一采用繁體豎排，新式標點。

五、校勘工作主要對底本中的訛、脱、衍、倒作正、補、删、乙。校記置於篇末，記録異文及校改依據，一般不作考證，力求簡明。

六、俗體字、舊字形及顯見的刻抄錯誤，徑改而不出校。常見异體字不作改動，極生僻的异體字改爲規範字，必要時出校記予以説明。

# 古代西南少數民族漢語詩文成就及其意義（代序）

中國文學歷史悠久，少數民族文學同樣源遠流長。少數民族文學既有母語文學作品，又有大量的漢語文學作品，都是中華文學的寶貴遺産。早期的少數民族漢語詩文作品，或是少數民族作者直接用漢語創作，或是以本民族語言創作而翻譯成漢語并得以流傳。

中國西南地區族別衆多，少數民族文學成就巨大，但較少爲外界所知，這與其實際成就極不相符。抗戰時期，聞一多先生在參加湘黔滇旅行團指導采風活動時，尤其是在欣賞彝族舞蹈後認爲：『從那些民族歌謡中看出了中華民族的强旺生命活力，這種大有可爲的潛力還保存在當今少數民族之中。』爲此，他曾計劃寫一篇文章，標題下注明了發人深思的要點——『不要忘記西南少數民族』[一]，作出中國文學的希望在西南的判斷。其後，學界日漸重視西南民族文學和文化的研究，成果豐碩。

[一] 鄭臨川：《聞一多先生的中華民族文學觀》，《西南民族學院學報》二〇〇〇年第五期。

早在漢代，西南地區就與中原交往密切，武帝時期開發西南夷，司馬相如爲此積極奔走。蜀郡守文翁在四川開辦學校，以儒家思想教化百姓。漢唐時期，西南地區文學進入中華文學視野，且占有重要地位，所謂『蜀之人無聞則已，聞則傑出』。司馬相如、揚雄、王褒皆爲漢賦大家，陳子昂開闢唐詩健康發展之路，『繡口一吐，便是半個盛唐』的詩仙李白將詩歌帶到盛唐的頂峰。在這個大背景下，西南地區少數民族詩文創作也同樣被載入史册。東漢時期古羌人著名的《白狼歌》堪稱少數民族詩文最早的代表。據《後漢書·南蠻西南夷列傳》記載，東漢明帝永平（五八—七五）年間，居住在筰都一帶的『白狼、盤木、唐菆等百餘國，户百三十餘萬，口六百萬以上，舉種貢奉』，成爲祖國大家庭的一員。在與東漢王朝的交往中，少數古羌部落的首領創作了一些詩歌作品。其中，被譯爲漢文并傳至今日的就有著名的《白狼歌》（包含《遠夷樂德歌》《遠夷慕德歌》《遠夷懷德歌》），成爲中華民族團結、文化交融的經典之作。詩歌之外，還有少量散文作品，如三國蜀漢名臣姜維的書表，也可以視爲西南羌人的漢語創作。

我國西南本來就是多民族地區，氐、羌、藏、漢文化交流源遠流長。二十世紀八十年代初，馬學良主編《中國少數民族文學作品選》，全書共五個分册，共收入五十五個少數民族古今民間文學和文人文學作品六百餘篇，是新中國首部少數民族文學總集，影響深遠。其書序中寫道：

『回族、滿族、白族、納西族等，也早已産生了本民族的用漢文寫成的作家文學。』[二] 其中南詔著名詩人楊奇鯤的《途中詩》，是該書所收録的最早的作家文學作品。該詩收録於《全唐詩》。楊奇鯤還有另一首題作《岩嵌緑玉》的詩，收録於《滇南詩略》。

除楊奇鯤外，南詔國王驃信作的《星回節游避風臺與清平官賦》和朝廷清平官趙叔達《星回節避風臺驃信命賦》二詩不僅韻律和諧，且頗近於隋唐王朝君臣同賦或大臣應制之作。兩詩與稍後的大長和國布燮（宰相）《聽妓洞雲歌》等呈現出西南地區烏蠻族漢語詩文創作之盛。此數詩亦皆被《全唐詩》收録。

據《舊唐書·吐蕃傳》載，貞觀十五年（六四一），松贊干布向唐太宗請求聯姻，文成公主出嫁吐蕃，吐蕃開始『釋氈裘，襲紈綺，漸慕華風；仍遣酋豪子弟，請入國學以習詩書』，又請唐朝『識文之人典其表疏』，漢藏交流十分密切。唐中宗時，吐蕃又遣其大臣尚贊吐、名悉獵等來迎娶金城公主。名悉獵漢學造詣頗高，《舊唐書·吐蕃傳》説他『頗曉書記』，『當時朝廷皆稱其才辯』，皇帝還給與特殊禮遇，『引入内宴，與語，甚禮之，賜紫袍金帶及魚袋』等。特别值得一提的是，他還參與中宗和大臣之間的游戲及詩歌聯句等文字娛樂活動。景龍四年（七一〇）正月五日，中宗移仗蓬萊宮，御大明殿，會吐蕃騎馬之戲，因重爲柏梁體聯句，當

[二] 馬學良主編：《中國少數民族文學作品選》，上海文藝出版社，一九八一年，第一頁。

君臣聯句將畢之時，名悉獵主動請求授筆，以漢語來了一個壓軸之句。其所作『玉醴由來獻壽觴』，不僅表意準確，而且合於格律、平仄、韻脚，相較前面唐朝漢臣所作毫不遜色，令衆人刮目相看〔二〕。其詩至今仍保存在《全唐詩》中〔三〕，留下了最早的古代藏族人漢語詩文創作的珍貴文獻記録，也成爲少數民族漢語詩文創作的典型史料。

晚唐五代時期，回族先民梓州詩人李珣、李舜絃兄妹，漢語詩文創作成就甚高。李珣著有《瓊瑶集》，雖已佚，但仍存詞五十四首。作爲少數民族詩人，李珣得以躋身《花間集》西蜀詞人群，十分耀眼。李舜絃作爲蜀主王衍昭儀，有《蜀宫應制》等詩。這些均顯示出西南地區民族文學漢語創作的成果。

宋遼金元時期，西南地區與各地少數民族漢語詩文創作都有了進一步發展。居住在四川成都的鮮卑族後裔宇文虛中及其族子宇文紹莊堪稱代表。宇文紹莊有《八陣圖》等詩傳世。西南大理國白蠻貴族的漢語修養很高，段福爲國王段興智叔父，創作有《春日白崖道中》等詩作，大理國亡時，曾奉元世祖命歸滇統領軍事。元末大理總管段功之妻阿蓋公主本爲蒙古族，所作《愁憤詩》書寫其與段功的愛情，情感真摯，是他們凄惻動人愛情悲劇的原始記載。

〔二〕（後晉）劉昫：《舊唐書》，上海古籍出版社，一九八六年，第六二二七頁。

〔三〕（清）彭定求編：《全唐詩》，上海古籍出版社，一九八七年，上册，第二五頁。

明清時期，少數民族漢語詩文創作有了極大的發展，不僅作家數量倍增，而且有了大量的個人詩文集傳世。中國社會科學出版社二〇一四年出版的多洛肯《元明清少數民族漢語文創作詩文叙録》著録極爲翔實，大略統計古代西南地區各少數民族作家漢語文集上百家，雖然亡佚不少，但現存的也還有至少八十餘家，其中不乏一些在全國有較大影響的作家，還有許多屬於文學家族。如納西族木府土司木公、木增家族，木公有《隱園春興》《雪山庚子稿》《萬松吟卷》《玉湖遊録》等；雲南白族趙藩爲著名的『武侯祠攻心聯』作者，有《向湖村舍詩》（初、二、三集）；貴州布依族作家莫友芝被稱爲西南巨儒，有《莫友芝詩文集》等。但目前僅有少量的作家文集被整理過，大多數尚未整理，這極不利於對少數民族文學成就的認識、評價和深入研究。近年出版的一些大型叢書，如上海古籍出版社二〇一〇年出版的《清代詩文集彙編》（四千餘種），國家圖書館編、國家圖書館出版社二〇一七年出版的《清代詩文集珍本叢刊》（一千三百六十七種），收録清人别集數量十分可觀，但少數民族漢語詩文集數量有限。其中一個重要原因便是少數民族漢文資料總體上較爲零散，古代西南少數民族漢文别集尤其難覓，缺乏整理。因此，有必要對相關情況予以探討，以便於進一步的整理研究。

西南少數民族漢文文集文獻整理和研究，已取得一定成果，但總體而言，相關研究還是較爲薄弱。無論是稿本、抄本還是刻本，多未揭示和整理，散於各處，既不利於深入研究分析和總體評價，也不利於民族文獻的保護和傳承，需要整合力量，加大力度發掘整理、搶救保護。

西南地區的少數民族中，大約有白族、納西族、彝族、回族、土家族、布依族、侗族等九個民族有漢語詩文集，其中尤以白族、納西族、彝族和回族較多，其詩文集主要留存情况如下。納古代白族作家現有二十四人近四十多部詩文别集存世，大概有近二百五十萬字的文學作品。納西族詩人及文集，明代主要是木府家族。首先是木公（總八百七十三首），其次爲木增，此外是木青，有《玉水清音》。清代則有楊竹廬、桑映斗等二十餘家納西族詩文集。彝族詩文集較多，主要有左正、左文臣、左文象、左嘉謨、左明理、左世瑞、左廷皋、左章照、左章曬、左熙俊等左氏詩文集，高光裕、高奣映、高厚德等高氏詩文集，余家駒、余珍、余昭、余一儀、余若瑔等余氏詩文集，還有魯大宗、禄洪、李雲程、安履貞、黄思永詩文集，等等。回族作家作品比較多，有沐昂、馬之龍等十餘家詩文集。土家族、羌族、布依族、苗族、侗族作家數量雖不多，但有的影響不小，如莫友芝、董湘琴等，都值得深入研究。此外還有少量少數民族作家文集已散佚，如前面提到的宋金時期的宇文虚中等。

西南各民族漢文别集文獻整理與研究具有十分重要的學術價值和深遠的現實意義。西南各少數民族伴隨着中華民族繁衍交融的足迹生生不息，豐富的少數民族文學不僅是中華民族文學寶庫中不可分割的一部分，更藴藏着其歷經憂患却綿延堅韌、不失特色的生存密碼。西南地區各族文學不僅與漢文學關係密切，而且各民族文學亦互相滲透和影響。如被譽爲明代著述第一人的四川著名詩人楊慎後半生基本居住於雲南，他不遺餘力地推薦、介紹木公等雲南作家，對西南民族地區文化交流傳播和漢語詩文創作起到了促進作用。由此也可以探討中華多民族文學相互影響和促進發展的過程與普遍規律，同時對各民族對漢語的巨大貢獻，以及漢語文包容多元文化、作爲多民族文化内涵載體的特性和凝聚各民族智慧結晶重要價值等也會有新的認識。中共中央辦公廳、國務院辦公廳於二〇一七年一月二十五日印發《關於實施中華優秀傳統文化傳承發展工程的意見》，指出文化是民族的血脉，特别提到要加强少數民族語言文字和經典文獻的保護和傳播，做好少數民族經典文獻和漢族經典文獻的互譯出版，實施中國民間文學大系出版等工作。因此，全方位清理整合西南各民族漢文别集文獻，對於民族文學史料學學科建設和民族文化保護工作，尤具有特殊的意義。這對增進世人認識瞭解豐富的民族文化與文學成就，搶救和保護民族文化資源，探索民族文學繁榮發展的有效途徑，促進中華民族團結與現代社會和諧發展，都具有十分重要的學術和應用價值。

有鑒於此，我們組織申報了《古代西南少數民族漢語詩文集叢刊》國家社科基金重大招標項目，并獲得立項。本課題首次對西南少數民族漢文文學文獻做了全面系統深入的爬梳、搜集和整理研究，展現其創作成就，説明少數民族文學創作與漢文學之間密不可分的内在聯繫和交叉影響，展示其對中華文化的突出貢獻，并以其依托漢文傳承文化的富有典型意義的綿延發展歷程，爲民族文化保護提供借鑒，也爲中國古代民族文獻整理和當代文學繁榮發展探索有效途徑。

課題目標主要是提供最爲全面的西南少數民族漢語詩文集，爲進一步研究奠定基礎，加深對『一帶一路』背景下南絲綢之路和茶馬古道區域内各民族文化交融的認識，發揮保護和搶救民族文化遺産的重大社會效益。

西南各民族文獻現存情況較爲複雜，各族别文集數量差异較大，極不平衡，文集版本也很混亂。除少量文集當代曾初步整理之外，大多僅存清代或民國刻本，還有一些爲稿本和手抄本，大多不爲外界所知，主要散見於西南地區各圖書館和私人手中。同時，各家文集普遍存在作品收録不全的情況。課題涉及面廣，困難不少。别集的普查，作品的輯佚、校勘，部分古代作家族别歸屬的認定，文字的考訂等，都是課題難點所在。對於各種學術争論歧説，我們本着嚴謹的科學態度，不武斷，不盲從，盡力作實事求是的考辨，力求言之有據，推動學術進步。在此基礎上盡力做成最完善、最全面、集大成的西南少數民族漢語詩文文獻叢刊。

按照歷史區域文化概念，我們原則上搜集詩文的地域主要包括今四川、雲南、貴州、重慶和西藏五省區（不含廣西地區），時間一般爲清末以前，作者身份判别根據出生地、籍貫、歷史淵源、習慣定勢等因素進行綜合考量。每種文集皆校勘標點，并附簡短的叙録。根據各族文集存佚數量情況分爲白族卷，納西族卷，彝族卷，回族與土家族卷，羌族、苗族、布依族、侗族及其他各族卷等五個分卷，分别由西北民族大學多洛肯教授，麗江師範高等專科學校楊林軍教授，西南民族大學曾明、孫紀文、王菊教授擔任子課題負責人。湖北民族大學文學與傳媒學院丁志軍博士除承擔土家族相關詩文集的搜集整理工作外，還參與了點校凡例的起草與修訂。寧夏大學和西南民族大學古代文學、古典文獻學專業的部分教師和碩、博士研究生也參與了課題研究。巴蜀書社張照華先生自課題開題即全程參與，認真審讀書稿，提出許多建設性意見。中國社會科學院學部委員、文學研究所所長劉躍進研究員，國家圖書館原館長詹福瑞教授，《民族文學研究》原主編湯曉青研究員，中國社會科學院民族學與人類學研究所聶鴻音研究員，教育部『長江學者』特聘教授、西北大學李浩教授，教育部『長江學者』特聘教授、北京大學廖可斌教授，西華師範大學伏俊璉教授，福建師範大學郭丹教授，四川師範大學趙義山教授等著名學者給予本課題精心指導和熱情鼓勵。在此謹對付出辛勞和提供支持與幫助的所有朋友致以最誠摯的謝意。

由於各種主客觀條件所限，本課題難免存在一些不足，版本的選擇及文字的校勘等也不盡如人意，希望能够得到專家的批評指正。

徐希平

二〇二〇年十月三十一日於西南民族大學武侯校區宿舍

# 分卷前言

二〇一七年，由徐希平先生主持申報的課題《古代西南少數民族漢語詩文集叢刊》獲批國家社科基金重大項目。項目的獲批對於古代少數民族文學研究而言，無疑起到了非常重要的支撑作用。本人忝爲子課題《古代西南少數民族漢語詩文集叢刊·回族與土家族卷》的負責人，深感責任大、任務重，故與課題組的各位老師齊心合力，共謀課題研究之路徑，力求早日出成果。如今在巴蜀書社的鼎力支持下，相關的研究成果會陸續出版，欣喜之餘，就這兩個民族詩文創作的風貌略作交代。

在中華民族多元一體的歷史文化進程中，有着兼收并蓄之胸襟的各少數民族作家創造了既屬於自己民族、又屬於中華民族大家庭的燦爛文學。遠離政治文化中心的西南地區，也以其獨特的地域風貌滋養着一批批卓有成就的回族文人和土家族文人。他們的創作既表現出與中國古代『詩騷』『風骨』等文學與文化精神相融通的思想旨趣，又呈現出鮮明的地域特色和獨特的藝術審美風貌。

古代西南地區的回族詩文創作，可謂善於把握中國古代文學發展的歷史脉絡，不斷吸收漢語詩文創作的經驗，涌現出一些名家名作。早在五代時期，回族先民李珣便以自己不凡的創作成就，獲得了很高的文學聲望。李珣，字德潤，著有《瓊瑶集》，惜已散佚，王國維編成輯本《瓊瑶集》，録李珣詞五十四首。李珣被列入『花間詞人』之中，他的富有娱樂性質的小詞被前蜀後主所賞，作品被詞家相互傳誦。李珣之妹李舜絃是五代時期爲數不多的會作詩的嬪妃之一，也是有記載的中國第一位回族女詩人，惜其作品大多失傳，今僅存詩四首。經過宋元兩朝的發展，回族文人逐漸融入中華文化之中，尤其是到了明代，回族作家也都熱衷於成爲儒家文人，故而，明代回族文學也迅速發展。同時，由於文教的日益成熟，西南地區涌現出一批風流儒雅的回族文人，如沐昂、孫繼魯、馬繼龍、閃繼迪等人。沐昂，字景高，作爲明代前期雲南政壇上的領軍人物，其所取得的政治成績是顯著的。而作爲一位文人，他剛健、曠達的作品風格則十分引人注目。不論是抒發理想抱負、針砭時弊、關注百姓生活，還是描寫自然風光、與人交游唱和，都表現出其高潔的人格、豪邁的氣度與曠放的情韻。有《素軒集》行世。沐昂作爲雲南地區重要的文學領袖，主持編纂的《滄海遺珠》，收録大量與雲南有關的文人作品，可謂是明代文學的一顆明珠，對保存西南地區的文人創作風貌具有十分重要的意義。孫繼魯，字道甫，號松山，《滇中瑣記》評曰『觀其詩文，大都雄古道勁，適尚其爲人』，著有《破碗集》《松山文集》，惜已散佚。馬繼龍，字雲卿，號梅樵，著有《梅樵集》，已佚，《滇南詩略》録其詩六十八首。閃繼迪，字允修，著有《雨岑園秋興》《吴越吟草》，均已佚，《滇南詩略》存録其詩六十餘首。他的詩歌多有懷才不遇之慨，詩作格調較高。閃繼迪之子閃仲儼、閃仲侗均有詩名。閃仲侗，字士覺，號知願，著有《鶴和篇》等。清代是回族文學的繁榮時期。清代日益濃厚的爲學爲文風氣也影響到回族文人，這一時期的回族文學與整個文學發展的大潮流密切相隨，即便是在西南地區，也不乏著名的回族文人。孫鵬是孫繼魯六世孫，字乘九、圖南、鐵山，號南村。他的詩作着重意象描寫，意境開闊，想象奇特，多寫山水田園，展現西南地區特有的自然風光，詩風清新明快。李根源在《刊南村詩集序》中評曰：『英辭浩氣，磊落出群，有不可一世之概。』『氣韻格律，宗法盛唐，間摹漢魏，歸宿子美，昌黎爲近。』孫鵬的散文創作也十分出色，論説文見解獨到，議論不凡，叙事寫人則娓娓道來，情感真摯。《雲南叢書》收其《少華集》《錦川集》《松韶集》，合稱《南村詩集》。馬汝爲，字宣臣，號悔齋，以綿遠醇厚的詩風享譽詩壇，他的散文清麗纖綿，頗具駢儷色彩，有《馬悔齋先生遺集》行世。李若虛，字實夫，他的詞作在清代詞壇中獨具特色。他以卓越的藝術表現手法，爲後人留下了許多真實再現西南邊疆和藏地風貌的獨特作品，有《實夫詩存》和《海棠巢詞》行世。馬之龍，字子雲，號雪樓，他的詩歌簡峭入古，樂觀豪邁，多紀游山水，有《雪樓詩鈔》傳世。沙琛，字獻如，號雪湖，又號點蒼山人。他爲官期間，頗有惠政，審理重案時得罪上司，獲罪戍邊，因萬民請命，感動皇帝，得以奉親歸里。家鄉滇西北旖旎的自然風光成爲他寄情物外的環境依托，多紀游山水、與人唱和之作。也正是這樣獨特的外部環境和其自身的性格特徵造就了他的詩歌多采用即景抒情、吞多吐少、欲放還收的藝術手法，具有高韻逸氣和幽潔之思，有《點蒼山人詩鈔》行世。除此之外，古代西南地區還有許多回族文人，因他們的作品傳世較少，而不被世人獲悉。如馬玉麟所著《静觀堂稿》，已佚；馬鳴鸞所著《密齋詩稿》也下落不明；賽嶼著作繁多，有《夢鼇山人詩古文集》等，可惜這些作品大多已失傳，現在衹能在《石屏州志》等方志文獻中看到他的遺詩遺文。

古代西南地區的土家族詩文創作，可謂善於借鑒歷代漢語詩文創作的成就，不斷豐富創作内容。土家族主要聚居於渝東南、黔東北、鄂西南、湘西北的廣大地區，其中渝東南、黔東北屬於西南地區。這一地區，歷史上曾長期由土司統治，冉氏、陳氏、楊氏、馬氏和田氏是這一區域的土家族土司代表。改土歸流以前，由於統治者要求土司繼承人必須入學接受漢文化教育，以及土司自身對漢文化的嚮往，一些土司家族開始形成前後相繼的家族文人群體。這個群體普遍有較高的漢文化修養，具備用漢語文進行書面文學創作的能力。渝東南土家族漢語詩文的興盛，實肇端於土司文人的創作實踐。根據現存的文獻記載，大約在明代中期以後，以酉陽爲中心的冉氏土司家族，開始出現能文善詩的文人，先後有冉雲、冉舜臣、冉儀、冉元、冉御龍、冉天育、冉奇鑣、冉永沛、冉永涵等文人從事漢語詩文創作。其中曾經結集流傳的有冉天育的《詹詹言集》、冉奇鑣的《玉樓詩卷》和《擁翠軒詩集》、冉永涵的《蟪蛄聲集》，今俱不存。清代改土歸流以後，酉陽設直隸州，轄酉陽、黔江、彭水、秀山諸縣，酉陽冉氏土司雖不復存在，但冉氏家族的進一步繁衍，使得家族文脉得以延續，涌現出更多優秀文人，且多有詩文集刊刻傳播。如冉廣燏有《寓庸堂文稿》《二柳山房雜著》等；冉廣鯉有詩集《信口笛吟草》；冉正維有《老樹山房文集》《醒齋詩文稿》；冉瑞嵩著有《大酉山房集》；冉瑞岱著述甚富，有《二酉山房隨筆》等；冉崇文爲清末酉陽冉氏文人中最有成就者，著有《二酉山房詩鈔》等；冉崇煃有《雨亭詩草》；冉崇治有《容膝軒詩集》。以上所列詩文集今俱未見，但部分詩作由馮世瀛選入《二酉英華》。改土歸流之後，官學教育和科舉考試的普遍推行，加之冉氏與陳氏、馮氏、田氏等家族互通婚姻，使得這一時期的土家族詩人群體更加龐大。如陳氏家族有陳序禮、陳序樂、陳序川、陳汝燮（原名陳序初）、陳宸（原名陳序遹）、陳景星等代表人物，他們皆有詩集，其中陳汝燮《答猿詩草》，陳景星《疊岫樓詩草》，陳宸、陳寬《酉陽陳氏塤篪集》，均存民國印本。田氏家族以田世醇、田經畬爲代表，前者有《卧雲小草》等，後者亦有詩集，惜未見傳本。馮氏家族以馮世熙、馮世瀛、馮文願爲代表，其中馮世瀛爲酉陽名儒，是清代後期在經學、文學上均有很高成就的土家族文人，有詩集《候蟲吟草》，今存同治刻本。此外，土家族名醫程其芝有《雲水游詩草》存世。石柱馬氏土司家族中，能詩善文者亦復不少，但在漢語詩文的創作成就上要遜色於酉陽冉氏，秦良玉、馬宗大以及土司舍人馬斗㷰、馬湯等人是其中的代表人物。馬斗㷰曾有《竹香齋詩集》結集傳播，後散佚，乾隆間流官王縈緒又輯録《竹香齋拾遺詩稿》傳世，今未見。改土歸流之後，石柱冉氏文脉亦得到傳承，有冉永燾、冉永燮、冉裕垕等代表，惜無别集流傳。秀山楊氏土司家族歷來多軍功卓著者，文人則不多見。改土歸流前，楊氏土司家族尚無在漢語詩文創作上有所成就者。乾嘉以降，平茶楊氏土司後裔、果勇侯楊芳及其子孫輩多文武兼擅，不但從事漢語詩文創作，而且多有作品集流傳。楊芳有《錫羡堂詩集》刊行，後其孫又輯有《楊勤勇公詩》；楊芳子楊承注有《楊鐵庵詩》；楊承注子楊恩柯有《陶庵遺詩》；楊恩桓有《卧游草》。《楊勤勇公詩》《陶庵遺詩》《卧游草》尚有抄本存世，《錫羡堂詩集》《楊鐵庵詩》今未見傳本。黔東北在明以前爲田氏土司所統治，因思州、思南土司在明初相攻仇殺，朝廷遂廢這一區域土司，置流官，建官學、興科舉。因此，明初以後的黔東北，實已無土司家族存在。這一地區的土家族漢語詩文發展，大約與渝東南同步，正德以後，涌現出田秋、安康、田谷、安孝忠、田慶遠、田茂穎、王藩、任思永、張敏文、張清理、張德徽等優秀作家，他們的作品曾結集行世，惜今未見傳本。

古代西南地區回族、土家族詩文之所以能持續發展，并能够在中國文學史上占有一席之地，很大的原因在於西南地區回族、土家族文人的文學創作既受到時代風氣的塑造，又受到地域文化的影響。同時，古代西南地區的回族、土家族文學也是與其他民族文學相交融的産物。西南地區是一個多民族地區，回族、土家族文人在與包括漢族在内的其他民族交往過程中，各學所長，形成了你中有我、我中有你的多元一體的文學格局。如回族詩人沙琛，在與白族文人師範、漢族文人錢灃、納西族文人桑映斗、回族文人馬之龍的交往唱和過程中，不論在詩歌創作風格、取材對象，還是主題内容等方面都相互影響。這就增加了回族文學的多民族因素，使得回族文學的内容更加豐富。

總而言之，古代西南地區的回族、土家族詩文以其鮮明的地域特徵和獨特的創作風貌爲後世研讀者所稱道。這些創作成就，不僅豐富了回族文學和土家族文學的内容，也爲建構更加完整的中國文學史添磚加瓦，頗有傳承價值。

需要説明的是，本卷内文留存了部分原作者對農民起義軍的蔑稱，這顯示了古人的歷史局限性，爲保持古籍原貌，此次整理不一一修改。

孫紀文

二〇二〇年十月二十五日於西南民族大學圖書館

# 目録

素軒集卷之二……二五
七言古詩……二五

素軒集卷之四

七言絶句……………………………………………………………………………二三〇

## 馬繼龍詩選 …… 二八九

**賽嶼詩文輯佚**……三一三

# 素軒集

〔明〕沐昂　撰

左志南　段海宇　整理

# 叙録

沐昂（一三七九至一四四五），字景高，號素軒，明黔寧王沐英第三子。明太祖洪武三十年（一三九七），沐昂被任命爲錦衣衛散騎舍人，三十五年升任府軍左衛指揮僉事。永樂四年（一四〇六），沐昂的兄长沐晟受命征討安南胡朝，明成祖於是年五月越級提拔沐昂爲都指揮同知，兼領雲南都司事務。永樂二十二年（一四二四）十二月，沐昂隨沐晟入朝覲見新即位的明仁宗，獲賜羊酒。洪熙元年（一四二五）正月，沐昂升任右軍都督府都督同知，仍掌雲南都司事。宣德十年（一四三五）二月，明英宗升授沐昂爲右軍都督府右都督。明英宗時，沐昂參與了第一次、第二次麓川之役，征討麓川宣慰使任思發，互有勝負。沐晟暴卒後，沐昂升任左都督，佩征南將軍印，接任總兵官，鎮守雲南。正統十年（一四四五），沐昂去世，追封定邊伯，謚號『武襄』。

沐昂雅好詩文，曾收集明初寄居滇南二十一家詩人作品，編成《滄海遺珠》。《素軒集》輯録沐昂詩文共十二卷，按《天一閣書目》載：『《三軒詩集》：明左都督總兵雲南定邊武襄伯沐昂著《素軒集》，詩十二卷；錦衣衛副千户沐僖著《敬軒詩》，四卷；右督總兵雲南沐璘著《繼軒詩》，十二卷。』可知沐昂詩集最初與沐僖、沐璘合編，因三人分號素軒、敬軒、繼軒，故以《三軒詩集》名之。另據《天一閣書目》載，《素軒集》當刻於明英宗天順年間（一四五七至一四六四），明世宗嘉靖年間（一五二二至一五六六）其後人沐崑因舊版脱裂，故重新編訂刊刻沐昂《素軒集》，此番重刻又輯録了最初《三軒詩集》未收作品。清末丁立中推測《素軒集》之單行，或與『三軒』中其餘二人作品散佚嚴重相關。現存明刻本《素軒集》共十二卷，以詩體分卷，前有清末丁立中跋，《素軒集》卷一爲五言古詩，卷二爲七言古詩，卷三至卷五爲五言律詩，卷六至卷八爲七言律詩，卷九爲五言排律、五言絶句、七言絶句之合編，卷十爲七言絶句，卷十一與卷十二乃沐昂所作序、跋、記、贊等文。從《素軒集》現存篇目來看，似較爲全面地收録了沐昂詩文，反映了沐昂創作的整體面貌。本次整理即爲對《回族典藏全書》所收明木刻本《素軒集》的點校。

沐昂出身顯貴，除參與麓川之役外，一生并未承擔繁重之軍政事務，加之歷經父兄之努力，雲南局面已經基本平定，雲南優美的自然風光、多民族共存的獨特人文環境，以江山之助的方式爲沐昂致力於文學創作提供了有利條件。沐昂雅好詩文，尤長於近體，現存沐昂詩歌除卷一、卷二爲古體外，其餘均爲近體，其内容多以書寫雲南風物爲主，其清新秀發的語言風格與切對工整的語言技巧相得益彰，以王、孟之神摹寫邊地風光，屬於邊塞書寫中的另類，如《金馬朝陽》《碧雞秋色》《玉案晴嵐》《滇池夜月》《螺山積翠》《龍池躍金》《官渡漁燈》等詩什，以組詩形式描繪了雲南的秀麗風光。此外，沐昂集中還有不少往返京師與雲南的行旅之作，風格亦偏向於自然清新。整體來看，沐昂詩歌不事雕飾，少用典故，有取法盛唐的明顯傾向，也反映出了明初詩風轉變的些許端倪。

# 原跋

沐昂，字景顒，黔寧昭靖王之子，以左都督鎮守雲南，卒贈定邊伯，謚武襄。《静志居詩話》：『定邊平麓川之寇，威著西南，而能以餘暇留情文詠，輯明初名下士官於滇及謫戍者，自郝仲經以下二十一家詩，凡二百五十首，目曰《滄海遺珠》。楊東里序之，謂當時選録諸家，劉仔肩過略，王偁雖精且詳，猶未免有遺。惟沐公所擇，和平婉麗，可玩可傳。』其賞識若此。

《天一閣書目》：『《三軒詩集》，明左都督總兵雲南定邊武襄伯沐昂著《素軒詩》十二卷，錦衣副千户沐僖著《敬軒詩》四卷，右督總兵雲南沐璘著《繼軒詩》十二卷。裔孫黔國公沐崑重刊。嘉靖三年，滇撫黄巖、王啟序曰：「沐氏起自昭靖、武襄佐太祖、太宗，繼世上公。所謂三軒者，則素軒、敬軒、繼軒也，各有詩行於世。頃者，故黔國公諱崑重梓未就，厥嗣篤字世貞始成厥志。今襲黔國篤庵又能益武而文，予叨撫滇南，得與篤庵朝夕聚，而獲覩其所爲《三軒集》，顧不章歟？又有何孟春序，武林平忱後序。」』

光緒乙未春日，得此書於沐氏，檢閱各家書目皆不載，及見《天一閣書目》，始知爲《三軒集》之一。考《萬姓統譜》，昂謀遠過人，任思發叛，昂以都督統兵征剿，擣其穴，賊遂平。留鎮雲南，號令嚴明，夷人警服，邊徼肅然。弟璘讀書工詩，撫治有方，夷人悦服。又案《文瑞樓書目》：《素軒集》刻於天順年間，行世已久。嘉靖時，故黔國公崑因舊板脱裂，乃輯所未備，再梓焉。是册前後無序，殆書賈因三軒不全而割裂之歟？安得使敬軒、繼軒二集復出，珠聯璧合，同登諸八千卷樓耶？

和道人丁立中謹記於宜堂

# 素軒集卷之一

## 五言古詩

### 出郊二首

其一

出彼城東郊，郊行有佳趣。景物滿前新，因之久延佇。惟聞伐木聲，不見人何處。

其二

陟彼山之岡，我懷一蕭散。東西遠微茫，生意目前滿。雲峰起數重，長風復吹斷。

## 笻竹寺看花口號

去歲看花來，今春花又開。花開有佳色，花落委蒼苔。且看花隨喜，寧愁風雨催。人生亦如之，何必爲傷哉。

## 和逯先生道者居韻

偶過道人居，蕭然清我目。池中菡萏紅，石上菖蒲綠。紫筍茶已烹，青精飯應熟。恍若出塵寰，此心良自足。

## 賦靈香亭

夏日登斯亭，頓覺無炎暑。香生蘭蕙風，凉借竹松雨。佳果山客供，新茶道人煮。已得遂幽情，而無塵俗侶。拂石坐蒼苔，彼此忘賓主。

## 觀藥圃

孟夏觀園圃，青青藥苗長。幽人忽相邀，乘興時一往。手分竹徑行，脚踏青苔上。上有佳鳥鳴，下有寒泉響。欲曉造化工，令余積遐想。不讀神農書，焉知重保養。

## 栽竹

雨中移得來，栽免居無俗。枝葉互交加，可以怡心目。娟娟寒色浄，愛之如紫玉。培養遂其生，還能知化育。

## 遣興

灼灼園中花，鬱鬱岩畔松。岩松與園花，艷雅不相同。花開色易改，松青色常在。人生須有爲，寸陰當自愛。

## 題俞御史瑞茄圖

繡衣賢侍御，讀禮攄哀誠。上天鑒其孝，後園嘉瑞生。鄉里共驚異，朝野揚聲名。會看竭忠藎，雨露加恩榮。

## 宿嵩明州

巡遊適南畝，處處問農耕。因來展席卧，樂此襟懷清。有時鳩喚雨，頃刻鵲呼晴。拂拂薰風來，吹我夢初醒。俛仰大化内，人生若浮萍。濡毫書短章，聊以娱吾情。

## 秋日自述

秋空積雨晴，四壁蛩音廣。壁月既清澄，金風亦凄爽。田中稻熟香，雲外鴻遺響。閲此好光陰，娱心足自賞。

## 秋日即事

風高露氣凉，黄葉下林杪。旅雁積方塘，菰蒲荒野沼。登高一馳目，湖光浩杳渺。飄飄水上舟，泛泛輕而小。偶尔啟清吟，佳興殊不少。我心已澹然，塵雜焉能擾。

## 和逯先生早起

欹枕聽雞鳴，良久天方曉。緑水澗中深，青山天際小。籬尚有寒花，林將起栖鳥。絶却利名心，何事來相擾。

## 和夜讀韋詩

秉燭誦韋詩，深夜境岑寂。天高月正圓，漏永聲還滴。閑情俱已忘，佳思偶然集。此意人莫知，而余獨能得。

## 獨坐

雨餘天氣清，坐欣閑趣好。無愁亦無慮，何事來相擾。日色薄囱間，風聽散林杪。城郭動砧聲，寒衣爲誰擣。述景成微吟，此意誰能曉。

## 秋夜雨

秋窗夜零雨，滴滴空階鳴。風吹枕上來，令我夢魂驚。披衣起坐榻，看竹聲愈清。蕭蕭碎蕉葉，詩思忽然生。石泉流更滑，餘響何琮琤。緬想征途間，士卒苦難行。更憂甲子雨，復喜日逢庚。西郊農事迫，刈穫若爲情。陽烏何時出，黎庶盡懽晴。

## 題李文秀林泉歸樂卷

蕭散幽人居，結屋臨水住。雅志詩書間，仕禄無干預。而爲農圃隣，真得林泉趣。宿霧散秋山，春雲連曉樹。日夕臨清流，陶然咏佳句。儒冠三五人，詩酒日相聚。此志誠可嘉，終焉保貞素。絶却城市喧，考槃從此去。

## 和胡先生古意

青青山上松，灼灼檻中花。歲晚花豈榮，松青色彌嘉。人生當知此，恩寵甚勿誇。滔滔水東流，心遠道自遐。少年不崇學，老大徒悲嗟。

## 和車軒病中詩韻

人生宇宙間，奄忽如過客。歲月時序更，風霜頭鬢白。沉痾願早瘳，往事那堪憶。樂道不憂貧，身閑何惻惻。

## 暮秋遣興詩

秋高氣爽，景物澄霽。澤國寓居，霜既降矣。出郊遊觀，悦兹禾稼登場，軍民樂其豐稔，遂有情性之動，賦詩以紀。

天高風氣清，杪秋霽霖雨。聯鑣四五人，行行適村墅。田父遠來迎，爲我具雞黍。禮貌亦甚恭，殷勤前致語。禾稼賴豐登，吾儕免失所。欣然聞此言，引滿釋憂慮。凉風動竹叢，秋水明楓樹。蒹葭渚上多，鴻雁雲中翥。大喜時足兵，足食民安處。風俗藹然淳，無復行鹵莽。我歌頌時清，萬方咸樂土。

## 冬夜夢覺

夜中夢忽覺，囱間華月明。琅然風戛竹，宛若環珮聲。一聞清我耳，兼之動幽情。披衣時下榻，徘徊苔階行。仰視銀河轉，列宿正縱横。移時興欲闌，刁斗擊前營。啟明出東方，喔喔隣雞鳴。俛仰宇宙間，胡爲勞浮生。

## 和清明日登金馬山作

良辰邀佳賓，駕言出周道。春中景物鮮，所適從吾好。宿雨滋名花，暖風吹碧草。覽兹生物情，而能心不擾。睠彼誰家墳，兒孫羅祭掃。松柏有摧殘，碑碣或傾倒。慨此無復言，矯首瞻晴昊。我思登先壠，鬱鬱存懷抱。念哉罔極恩，臨風重傷悼。何日得東歸，江行波浩浩。

## 春山勝覽

春陽佈微暄，省耕過南陌。與我同行人，而皆儒雅客。芳樹鳴幽禽，晴風吹秀麥。開筵當廣庭，華簪聯綺席。歌以鹿鳴詩，樂飲期弁側。山水實壯哉，笑談迴忘夕。思此勝地遊，皆我先王澤。賦詩欲何爲，還將載竹帛。

## 謝松雨先生惠食藥

東海有靈藥，採之殊不易。良友愜素心，萬里爲我寄。開緘一見之，俄然忽驚異。不獨助清吟，還能及滋味。我欲報瓊瑶，道遠無由致。何況别經年，令人忻且愧。安得托征鴻，高飛爲汝會。

## 新秋感興二首

高風振庭樹，凄其已覺秋。隔岸誰家子，閑依臨水樓。鴻鵠眼中去，烟嵐林外浮。風景日蕭條，悵然傷遠遊。絡緯啼金井，深閨人自愁。有時坐鼓琴，諧聲若天球。滇南萬餘里，化俗同中州。睠兹佳興發，賦詩誰與酬。

### 又

川原積雨收，秋光徹晴昊。江湖鴻雁多，西成禾稻好。野中草樹蒼，天外峰巒小。寒蛩近户啼，乃知授衣早。金風吹毛髮，颯颯響林杪。晚來登水樓，凉月白而皎。閑居事幽栖，心懷無所擾。暑往復寒來，暢然念此道。

**永樂壬辰夏，不雨，枯及苗稼，人民彷徨，禱諸祠弗應。聞城西羅甸，有潭曰青龍，靈感迴異。吾往禱之，得降甘霖，一夕民物少蘇，真可謂勃然而興者，誠不妄也，遂賦一詩以紀云**

入夏久不雨，暑氣轉煩燠。驕陽亦亢旱，龜坼動地軸。衆口竟嗷嗷，始乃就占卜。近聞城西南，有龍在深谷。躬往祭禱之，初感垂霢霂。頃焉起風雲，晴陰變倏忽。靈雨果霈然，潢潦充溝瀆。田苗勃然興，大陸得霑足。杖藜陟高岡，舉首豁遠目。無復塵沙黄，喜看原野緑。造化歸大空，萬物蒙生育。民樂等康衢，大欣歲時熟。

## 坐靈香亭

坐此靈香亭，秋高雨新霽。樹影散芸窗，粉墻緣薜荔。竹深一塵無，時有鶴孤唳。凉露滴長松，清風遞芳桂。半晌忘塵羈，情境兩相契。移席就苔階，不知光景逝。

## 坐五華山聚遠樓

開簾見南山，情景偶相得。從來方外遊，稍近烟霞客。於兹久延佇，萬籟喜俱寂。時來抱琴彈，曲終還對奕。賦詩延景光，煮茗沃胸臆。風凉雨初過，渺茫烟水白。覽之意不盡，倘徉聊自適。緬懷陶遠徒，千載留遺跡。恍若在匡廬，遂此山林癖。

## 和人雨後出南村詩韻

好雨絶纖埃，長歌向原陌。緑水净無波，青山濃有色。閑庭竹影清，方沼菱花白。笑傲泉石間，余心聊自適。

## 題朱寅仲山水爲柏岩和尚

晨光散高岑，玉露下林杪。剪竹入徑深，結茅臨水小。即此是幽居，塵雜那能擾。

## 和陳大參韻

杖策步前墀，徘徊將日暮。緬憶舊交游，於焉乃往顧。談笑罄所懷，微風生竹樹。所以君子心，夫何憂何懼。願子崇令德，堅貞與朴素。

## 題陳僉憲永思堂卷

人生性本善，孝養乃其誠。胡爲庸俗流，物欲移諸情。賢哉柏臺彦，堂以永思名。每懷罔極報，寸心靡遑寧。悵望先隴遠，遐思渺荆衡。願言慎終始，千載遺芳聲。

## 喜雨得『暮』字

仲夏苦炎蒸，皇天降甘澍。不獨起焦枯，而能遂農務。一方播歡聲，萬類得其趣。兹焉動生植，江山目新寓。密竹布清陰，黄鸝囀嘉樹。有酒在芳樽，遲迴不知暮。

## 普淜驛閑適

山館坐良晨，潛心窮物理。鶬鶊語深樹，粉蝶依香芷。人生居兩間，胡爲不知止。大哉古聖人，垂訓良有以。

## 宿樣備

暖氣蒸濕雲，春山忽零雨。俄頃風吹晴，明月滿村塢。暝猿啼澗松，宿鷺遵沙渚。偶此滯征途，欣然對樽俎。

## 題雲林幻隱圖

上人華嚴宗，幻隱真自適。爲嫌城市喧，幽處乃卜宅。閑來坐蒲團，唯欣向泉石。杖策時出遊，瀟洒烟霞客。平生愛清致，四山蒼翠積。從來支許徒，高情與世隔。於此寫佳興，猶能記疇昔。大哉寄寓間，何處尋踪跡。

## 題朱寅仲雲深處圖

登山披白雲，偶此構茅屋。豈徒抱清芬，聊以遣煩俗。閑來曳短笻，俯睇烟水緑。攬翠瞰飛鳥，推窗對脩竹。隱隱西厓端，千尺挂寒瀑。興與幽期并，駕言適林麓。余生樂恬澹，匪獨娱心目。縱觀宇宙間，品物倶生育。少壯能幾何，一往那再復。呼童具濁醪，取巾還自漉。于兹得真賞，儵然寄芳躅。

## 寓正續寺示居阮二生

禪房坐幽寂，夜深燈影沉。虚窗照明月，静院依危岑。素抱冲澹趣，豈爲塵俗侵。怡然愜所遇，清風滿閑襟。啜茗祛睡魔，哦詩擁重衾。况彼二三子，同樂此山林。

## 梅邊讀易圖

端居探元化，妙理諒斯存。陽陰互消長，尊卑位乾坤。梅華露春信，來復知天根。皎皎孤山月，勝彼羅浮村。一朝上雲路，聲價重璵璠。緬想讀書處，清宵勞夢魂。

### 遊覺照寺有感

昔年遊覺照，清浄古禪林。今年遊覺照，而爲塵土侵。僧俗豈殊異，觀茲愴我心。苔徑無人跡，竹窗唯鳥音。憩此虚堂下，松柏鬱森森。嗟哉前代人，曾於此布金。俛仰百年内，忽焉成昔今。幾回搔白首，感慨發長吟。吟餘却歸來，西山日已沉。

### 足疾偶成

人生幻軀累，纏綿足疾隨。血氣既已衰，那復少壯時。余年過六袠，但恐力不支。飲食失所調，能無生乖離。富貴及貧窮，焉能弗致茲。推窗俯晴景，目極步難移。石榴紅灼灼，徑竹緑垂垂。坐對且怡顔，百年知是誰。書此示諸君，達者方能知。

### 春日飲酒

曉出城東門，春風散花柳。山翁偶相值，邀我酌春酒。酌多喜開顔，殽蔬新舊有。一杯復一杯，醉猶不釋手。良辰難屢得，人生豈能久。去年尚清健，今年已衰朽。嗟彼塵市人，營營日奔走。朱顔不復來，借問君知否。萬事任天然，愼勿以計取。縱有盧扁術，那能回皓首。底事苦攢眉，且須笑開口。於焉恣盤桓，羲輪俄入酉。慨念髫齔交，于今幾白叟。愧余叨殊恩，金章幸懸肘。於時惜無補，頻對鏡中醜。晚來騎馬回，城頭挂星斗。

### 李少卿從總督公南征回至滇奔訃歸

姑蘇古名郡，山水鍾秀英。李翁簪纓裔，詩禮勝家聲。積纍既有素，宜此禄壽并。藹然庭砌間，蘭玉敷芳榮。一枝挺孤秀，諒惟國之楨。揭來靖邊陲，帷幄贊元卿。坐令西南隅，一掃烽烟清。行將荷殊寵，廊廟司權衡。胡爲欣豫中，俄此憂憤嬰。訃音萬里來，聞之五内崩。王事雖靡盬，得無風木情。願言節深哀，隨寓竭純誠。忠孝匪二致，勉焉貽令名。

### 和胡蓬居雨中漫成二首

移家住昆明，愛此高齋静。勤學味麟經，乃復知要領。晏坐命家童，試茶汲新井。自笑似山僧，日高睡初醒。

### 又

退食常自公，志學要終遂。身心當潔然，一物無所累。我思君子心，常懷報國事。深荷雨露榮，才疎終自愧。

## 題真如境界卷

人生天壤間，禀賦有恒性。何以導愚蒙，啟迪賴賢聖。脩身及窮理，工夫在安静。象教自西來，亦復發深省。斯人惠遠流，而能得要領。雲開山月白，鶴唳秋天迥。心跡兩相忘，是乃真如境。

## 題張參議恩榮卷

有美留侯裔，姚江舊世家。兄能崇德業，弟亦富才華。月窟同攀桂，天門載拜嘉。庭闈春色動，雨露聖恩加。紫誥頒鸞鳳，緋袍賜錦花。歌詩繼行葦，壽酒酌流霞。勝事榮閭里，芳聲播邇遐。願言竭忠藎，福祉自無涯。

# 素軒集卷之二

## 七言古詩

### 題鄭都督春雨耕餘手卷

春田雨足農事歇，滿地茸茸青草發。群兒牧犢向郊原，一聲横笛依清樾。依依墟里幾人家，陰陰夾道多桑麻。行人笑指山邊樹，半是桃花與杏花。有時日暮風雨急，歸路倉忙帶蓑笠。畫師精藝妙入神，墨色淋漓似猶濕。

## 題朱寅仲所畫山水圖

雲氣氤氳烟縹緲，屹立危峰倚天表。飛泉倒樹鬪蛟虬，恍然對此心神悄。古來善畫最稱誰，山水佳哉有郭熙。於今復許朱寅仲，追跡前人真怪奇。看畫題詩吾所喜，瀟洒胸襟絶塵滓。不須布韈與青鞋，千嶂移來書舍裏。

## 和逯先生旅夕韻

光陰迅速去難留，白髮憐君我黑頭。樹上蟬聲催落日，波間雁影墮新秋。當軒夕坐情無那，適意吟詩欣不卧。閑看窗上月華明，浮雲長被風吹破。

## 和逯先生秋夜韻

深夜月明滿窗户，披衣自散庭前步。桂花香冷含清露，逐景新詩我仍賦。誰家急急動砧聲，爲搗寒衣寄邊去。

## 和逯先生聞砧韻

秋高萬木脱林塢，與子庭前開緑醑。忽聞别院動砧聲，西風吹斷蕭蕭雨。隔岸人家紅樹稀，辭巢燕子故飛飛。酒酣自起爲君舞，正愛凉飈吹我衣。

## 閑述

滇南客處思無涯，叢菊籬邊幾度花。流連光景興尤嘉，吟詩兀坐煮清茶。誰能識得閑中趣，起看窗間日又斜。

## 柬梅軒彭千户

將軍歸老澄江住，繞屋森森列嘉樹。抱女攜兒遂隱淪，誰能識得丘山趣。憶昔二疏當暮年，本支瓜瓞復綿綿。高人趣向豈獨此，羡子真可追前賢。我與將軍交最久，顧我壯年君白首。九日乘軒肯一來，開懷爛醉黄花酒。

## 琵琶

紫檀斷成精且華，輝輝紋彩凝雲霞。龍香撥下曲初度，若比忽雷音轉嘉。碧雞山頭涼月明，鈎簾重聽調新聲。大弦鏦鏦若鸞嘯，小弦錚錚如鳳鳴。玉管銀箏若爲樂，湘靈掩瑟那能作。夜深驚起老龍眠，頷下驪珠應迸落。

**覃懷光古逯先生，素以詩鳴於世，方今作者咸推爲先登。予每讀其詩，未嘗不深玩之，因思中山劉禹錫有『詩豪』之名。今觀光古之詩，蓋有得於劉者，予遂亦以詩許之，兼賦詩如左云**

覃懷老翁逯夫子，少習文章博經史。於今獨步稱詩豪，若比禹錫名愈高。四方作者多虛聲，有如瓦釜爭雷鳴。壯年作詩今白首，篇篇膾炙在人口。才華炫燿生輝光，卿雲五色凌穹蒼。迴如神駒走千里，世無伯樂亦徒爾。先生老矣今奈何，且將詩卷藏岩阿。我今感慨發高歌，知爾才名終不磨。

## 送周廉使

送别碧雞東，驅馳上帝里。葵心向日傾，遑遑曷能已。聞君才名自疇昔，不意宦遊同異域。華旆摇摇又復旋，直下瀟湘破秋色。曉日山川照眼明，夷民争睹繡衣榮。津亭候館迢遥度，驄馬銀鞍迤邐行。清風蕭瑟吹江柳，那忍河梁即分手。踟躕路側欲何如，殷勤更勸一杯酒。

## 懷琴士

杪秋風露高，閑居何所適。行彼山水間，思與琴師匹。正當天月明，恍若琴有聲。漫空柳絮輕輕度，抱葉寒蟬嘒嘒鳴。如聞孤鳳叫，群鳥寂且驚。我寓殊方多逸興，何能致此雙耳清。豈但潁師遇韓愈，遲爾相過倒屣迎。

## 丁香花

丁香花，顔色美。深秋正爾逞嬌姿，年少妖姬殊可比。葳蕤爛熳艶復濃，不讓春風桃與李。花根本自絶域來，金菊芙蓉相對開。名園此種俱難得，却笑蜂蝶徒爾猜。君不見，原頭草，奈得風霜幾時好。人生覽此復何爲，把酒酣歌且傾倒。

## 題湘江烟雨圖以謝寅仲朱先生

水雲奄忽湘江湄，烟雨冥冥江竹垂。眼前蒼翠千萬箇，分明箇箇冰霜姿。鍾龍本自生南嶽，曾有佳實翔鸑鷟。當年貢入軒轅廷，伶倫製作雲和樂。此君不比春花榮，四時生意幽且清。一經蘇仙與老可，至今墨妙遺高情。二公筆法孰可到，紫陽之孫心篤好。清影紛紛落硯池，商音淅淅生湘嶠。珍重千里傳贈來，使我不覺心胸開。高人寓意殊不淺，好手正用施奇才。我與先生交，於今邁十載。南中山水俱曾遊，揮毫往往追王宰。願子眉壽等松喬，歲寒常得瞻風采。交情許我如雷陳，長似此君勁節貞心終不改。

## 白雲青嶂歌

群木盡摇落，雲山何渺茫。我來倦行役，偶此陟崇岡。與客登臨騁遊目，垂鞭且鞚青絲韁。白雲縹緲杳無際，青山突兀淩穹蒼。長風飄飄萬里至，不覺吹我征衣裳。林端仿佛嵐氣收，天外始見雲飛揚。人家簇簇翠微裹，閣道巍巍碧澗傍。村園林樹參差出，宛若江南山水鄉。物情自殊異，飛鳥相翱翔。使我佳興發，對此成清狂。安得畫師寫天趣，掛我退食之高堂。山蒼蒼，雲茫茫，而能助我詩興長。

## 送蔣御史還葉榆

永樂癸巳孟秋，御史蔣公自葉榆以公事至滇，予得與之傾倒累日。既竣事西還，遂賦長詩一首，以寓别忱云。

金氣行秋天宇清，有客别我還榆城。離懷繾綣不能置，樽中有酒還共傾。眼前景物轉蕭索，此時難寫離别情。鴻雁翩翩來浦溆，山禽戛戛相和鳴。船頭翠節凌雲上，直與碧雞山勢俱峥嶸。鵰鶚横秋戾寥泬，封狐狡兔俱潛形。我舅與公共鄉曲，邂逅相逢如骨肉。願公秉志永如斯，激濁揚清敦薄俗。我今歌此驪駒詞，情長祇覺聲調促。明朝回首各天涯，長嘯一聲山水緑。

## 題盛子昭淵明圖

武唐畫史得天趣，點染丹青稱獨步。層巒叠嶂江之涯，仿佛陶潛栖隱處。古今多良工，妙手尤難遇。覽此心目開，令人重毫素。豈特雲林與松雪，筆勢遠邁王摩詰。恍疑天姥下，乃是匡廬側。扁舟一葉微茫際，蒿師鼓枻中流去。蒹葭兩岸作秋聲，老樹蒼蒼翳烟霧。潯陽水清彭蠡闊，風景怡人恬不惡。莊前五柳尚依依，籬下黄花猶灼灼。我亦生平愛山水，足跡曾窮千萬里。坐對新圖憶舊遊，野色波光來眼底。舉手重摩挲，清賞不能已。心境兩相融，悠然忘彼此。由來能事推盛洪，十日五日一筆工。懋也更聰明，墨妙于今孰與同。天台山，蓬萊島，顧我何由脱紛擾，幅巾藜杖期幽討。

## 送僧佛才行

山僧杖錫遊方去，隨分隨緣隨所寓。水陸何必用舟車，行脚如飛肯延佇。大乘小乘最上乘，探究應須求旨趣。五山十刹遍遊遨，講教禪家皆悉具。心胸廣闊復歸來，結屋雞峰雲裏住。吾儒之道在隱微，然諸須存始終處。我作長歌送汝行，萬里相思共雲樹。

## 鸂鶒

野塘春水緑於染，水禽雙雙弄清淺。崇光絢爛五色紋，錦翼翩翩若裁剪。一從織上美人機，彷彿銀塘今始見。性質不同百鳥群，烏鵲見之猶衽斂。我今撫養入芳池，要與文禽共留戀。願言此鳥能飛揚，共入蒼冥隨鳳凰。

## 題朱寅仲山水圖爲方老舅作

天風吹空雲欲起，嵐氣氛氳幾千里。高堂倏見林巒生，碧海新圖莫能比。適意道人天機精，彷彿董米尤馳名。揮毫點染出奇妙，對此恍惚如蓬瀛。我亦平生愛山水，看畫登山情不已。何須布襪與青鞋，雁宕龍門來眼底。

## 月夜聞簫

仙桂飄香一千里，紫簫夜喚潛蛟起。銀蟾飛上青天來，驪珠迸落玉盤裹。陽春一曲韻更清，天雞彩鳳相和鳴。嗚嗚咽咽細如縷，怨女深閨無限情。

## 題郭勛衛山水

將軍畫山得天趣，磊落襟懷付縑素。毫端幻出千萬重，仿佛林巒起烟霧。古今好手能幾人，驚見淋漓墨色新。千尺蒼松冰雪晚，一溪流水桃花春。白雲亭子江之隈，客有抱琴林下來。天清野曠豁吟目，題詩頓覺心胸開。南牙山，高黎貢，我昔經行幾停鞚。畫中偶見渾疑夢，此圖妙絶宜珍重。

## 送王知府之任澂江

三槐之裔賢且明，襟懷有似冰壺清。幾載司刑贊藩閫，咸稱獄訟能持平。千里神駒不易得，自是王家多種德。憶昔青年大比時，金榜題名聲烜赫。此日除書天上來，澂江太守得奇才。我作短歌送君去，要令黎庶登春臺。

## 賦送陳都督庸歸京

陳將軍，既能武，復能文，家聲赫奕忠孝聞。風流文彩飽韜略，才華藉藉揚清芬。出入金門被恩寵，飄然豪氣凌青雲。髡首年來梗王化，贊襄司馬多勞勤。長蛇封豕肆誅戮，瘴鄉不日清妖氛。明當奏凱歸朝去，勒銘彝鼎昭華勛。嗟余潦倒喜相會，笑談庶以窮朝曛。玉壺酒盡又云暮，落花離緒相紛紜。

## 留别陳頤齋

少年公子馳才名，絶俗風標冰雪清。高論驚人霏玉屑，新詩合調諧金聲。秦淮卜築多佳致，忠孝家聲聞兩京。襟懷磊落瑚璉器，雅操素與林泉盟。騏驥焉能久槽櫪，鵾鵬終見騰雲程。丈夫勿墜四方志，必也功業當峥嶸。顧我交游自夙昔，金蘭契合平生情。江舟載酒惜離别，未飲中腸感激生。後會安知又何處，堪嗟聚散如浮萍。

## 題張御史宦遊清覽卷

多君中州英，秉心如鑑衡。威聲山岳震，節操冰霜清。憶昔湖湘遊覽處，名山巨浸胸中貯。白簡時飛到處霜，錦囊盡入吟邊趣。揭來銜命出大梁，大梁風物非尋常。山連嵩華勢鬱鬱，河吞伊洛雄茫茫。邵程遺跡想猶在，探奇覽古承餘光。六詔西南陲，車書文同軌。夷獠被漸摩，一視無彼此。子長足跡半天下，君今宦轍與之亞。襟胸飽蘊經濟才，會入岩廊贊元化。

## 題愚中山水

日東老客天機精，幻出林巒仙境清。筆端造化奪天巧，南宮房山空擅名。老僧杖屨長松下，水色山光更瀟洒。恍疑廬嶽與天台，懸崖瀑布林端瀉。當時礲礴處，點染妙入神。雲氣欲動蕩，墨色今猶新。老夫退食素軒裏，宴坐從容看不已。濡毫試爲寫長歌，杜老遺風應可擬。

## 題翠筠軒卷

翠筠軒中翠堪挹，萬箇森森如玉立。蒼雪晴霏迥莫分，清氣逼人塵不入。夜深明月忽飛來，烏几横琴幽思集。金影一簾風露涼，緑霧滿林香粉濕。六月炎蒸遍人境，坐來頓覺衣裳冷。泠泠環珮灑天風，占斷瀟湘秋萬頃。此君不獨宜幽觀，貞節尤能耐歲寒。何時一榻對清書，詩成題向青瑯玕。

## 題房大年山水圖

房大年，畫山水，胸中飽蘊丹青理。興來揮灑如有神，萬叠峰巒生筆底。烟雲晻靄杳莫分，咫尺渾如千萬里。林下何人架書屋，柴門流水清溪曲。丹崖翠壁若天台，豐草長林似盤谷。摩挲此圖經幾春，古今妙手稱斯人。對之却憶舊遊處，越水吴山來夢頻。

## 題張道人別峰卷

別峰道人殊穎悟，不食葷羶惟茹素。芒鞋踏遍湖海間，脱却塵緣皈浄土。早歲曾參古拙翁，舌如霹靂談虚空。識破龜毛與兔角，豈數南北諸禪宗。忽爾推倒須彌山，西來之意非爲難。世間幻化無住着，雲白山青任往還。

## 寄徐憲副

商飈蕭蕭生老樹，滿院天香無著處。美人千里不同歡，幾度停雲誦佳句。未能對酒舒胸臆，空向花前看月色。何當假彼凌風翰，洱水西頭一相覓。羨君豪邁多才華，騑騑四牡天之涯。重陽有約不可負，歸來共賞東籬花。

# 素軒集卷之三

## 五言律詩

### 和秋日郊居雜言韻

山店人幽獨，他鄉憶故鄉。輕烟籠桂月，白露結楓霜。旅況憑詩遣，羈愁藉酒忘。功名當自競，何必恨更長。

### 早過善欲關

耿耿天將曙，經行善欲關。聽猿啼錦樹，信馬度青山。行止非人定，歸期一笑間。寸心王事重，不憚路途難。

## 正月廿一日遊圓通寺

淑氣融和日，風輕雨乍晴。山光含殿影，鳥語悅人情。古砌新生草，危岩舊倚城。老僧留靜坐，煮茗話無生。

## 玉案山居

好山名玉案，瀟灑闢軒居。洗去心中垢，看來架上書。雲窗花影散，竹徑鳥聲虛。一榻紅塵外，悠然樂有餘。

## 立春日漫興

昨日殘冬盡，今朝春意回。嫩黃先着柳，淡白已消梅。陽氣吹葭管，椒漿泛玉杯。笑談賓友樂，寧嘆歲華催。

## 喜捷

吾兄承父烈，帶礪並山河。問罪平交阯，論功邁伏波。群生無血刃，大憝殪天戈。竹帛垂名後，元勛在不磨。

## 寄居掾史

别來經半載，忽復又春深。每動思君念，何由慰我心。春花明候館，初日耿遥岑。近喜人來報，王師有捷音。

## 春日漫興

遊覽乘閑日，平原草色青。花開明野館，樹合暗津亭。夜思詩將釋，春愁酒遂醒。自知身是客，泛泛似浮萍。

## 題周憲使茇濂卷

題舍雖云茇，希濂誠有佳。草蓮歸意思，風月藴襟懷。洙泗源同出，程朱道與偕。拳拳能不已，亦復到心齋。

題周給事奉使招諭諸番東還圖

使星臨絶域，萬里獨馳驅。琛贄趍京國，山川入版圖。班超今可擬，博望復何殊。歸奏天顔喜，聲名播九區。

題周副使美善齋卷

虞舜爲韶樂，宣尼昔所聞。温恭實玄德，美善匪虚文。堂取名何獨，人維思不群。懸知能好古，於以挹清芬。

送濮參議

分手滇南道，離亭酒一樽。官程催驛騎，戍邏接蠻村。雲度秦淮水，山連白下門。稽勛應有日，重見拜殊恩。

## 梅雨

江干梅正熟，絲雨拂檐楹。未能消酷熱，亦可助幽情。細細隨風落，蕭蕭灑竹聲。纖埃俱蕩盡，詩思不勝清。

## 和逯先生苦雨詩

山城連日雨，何事得清幽。路阻人難出，川平水漫流。鷗鳧堪與狎，泥潦可能休。明日西風至，頑雲捲盡不。

## 和車軒閑中雜咏

日永高軒静，詩書正可攻。遊魚翻藻上，幽鳥囀篁中。荷葉生新水，楊花散碧空。昨宵微雨歇，吹到不寒風。

## 送周副使

海宇清秋日，南方使節歸。霜威催葉落，風力挾帆飛。要路避驄馬，津亭迎繡衣。送行俱悵望，雲樹轉依微。

和逯先生韻

芸窗秋色凈，老樹響颼颼。野外承清趣，山中憶勝遊。蛩音連砌下，雁影落林陬。入夜挑燈坐，疏簾爽氣浮。

和人韻

書齋半掩關，静坐愛清閑。竹影移窗上，蛩聲在壁間。風鳴庭外葉，雲翳屋頭山。萬里思親客，征鞍何日還。

和逯先生韻

極目爲幽尋，秋高悦我心。水光摇日影，山色帶雲陰。樹上並黄鳥，窗前啼翠禽。望來詩興發，遂爾有清吟。

## 冬夜獨坐

挑燈深夜坐，戍鼓轉三更。月色移窗上，風聲入葉鳴。心勞思自拙，志滿學無成。應知情不擾，底用悟無生。

## 冬日詩得『前』字

風光將入臘，氣候促殘年。柳眼窺春早，梅腮綻雪前。消愁仗巵酒，陶性藉韋編。韻險更相和，情懷頓豁然。

## 題清虚室

一室號清虚，山中自隱居。林霏穿户牖，空翠上衣裾。九轉丹求始，三元氣本初。塵埃與水月，當共此心如。

## 訪斗南和尚不遇

朝來仍入寺，不遇老禪僧。有偈留香案，無生悟佛乘。螺峰青靄洽，石洞碧泉澄。自喜忘塵鞅，飄然思不勝。

## 臘日

年光逢臘日，氣欲轉洪鈞。岸柳先舒暖，江梅已報春。磔雞傳往古，觀蠟及兹辰。最喜勞農後，懽聲動四民。

## 咏雪

朔風吹寒雪，繚亂撲窗紗。有態如飛絮，無聲似落花。舟從清夜泛，酒向六街賒。謾説烹茶事，遺風學士家。

## 丁亥歲除夕

守歲當今夕，光陰肯放過。藏鬮爲戲少，飲酒叙情多。笛弄梅花曲，箏調白雪歌。朝來换新曆，天氣漸融和。

## 永樂戊子元日立春

首歲初回律，椒花頌太平。東風先着柳，暖日漸催鶯。海宇歡聲播，人間淑氣生。清時多慶澤，吟咏極娱情。

## 送周參憲

考績辭官去，迢遥上玉京。幕僚城下别，候吏馬前迎。彩旆摇摇見，青驄靡靡行。交遊深既久，難述别離情。

## 懷車軒

匆匆纔叙别，驛路漸荒凉。有意投交友，無由入醉鄉。春光隨去馬，月色照行裝。二月當回首，新醪待爾嘗。

## 新燕

營巢將哺子，雨過正泥融。能應春秋社，潛隨造化工。花間迎麗日，柳外受微風。欲問烏衣國，當時事已空。

**春遊**

散步平原上，清談有俊髦。山村雲氣暗，江店酒旗高。柳色和烟色，緋桃間碧桃。目前無限景，隨處樂陶陶。

**駐馬龍華寺**

散步入龍華，秋清景物嘉。殿遺三世佛，園放四時花。祇有詩僧榻，全無俗士車。余心愈清净，煮茗對烟霞。

**暮秋即事**

時值暮秋天，農家盡獲田。清風消宿雨，旭日散朝烟。楓樹葉初赤，丁香花尚鮮。安居此禪室，端可咏詩篇。

## 早發蒙自縣宿倘甸驛

驛亭臨古道，屋宇總蕭條。旅况依然切，離懷自此饒。林黄知橘柚，園緑見芭蕉。可怪殊方俗，人家更寂寥。

## 宿曲江驛浴温泉

浴出温泉裏，氤氲暖氣多。一身渾膩滑，四體愈安和。細想通陰火，微看湧翠波。咏歸心自樂，不厭重相過。

## 和逯先生歲暮有述韻

信馬度長川，因思節序遷。風光得新歲，人事失殘年。習禮遵遺典，論經鄙太玄。東君生意布，花柳自芳妍。

## 和人冬日漫興

軒中常獨坐，佳客喜頻來。地暖柳條發，天晴杏蕊開。茶香生石鼎，酒色灎瓊杯。近得詩篇好，吟看日幾回。

## 除夜

春意明朝至，年華此夜過。試教開玉曆，且共酌金波。竹色和烟重，梅容映雪多。豐年好光景，客意莫蹉跎。

## 初春遊寺

復值初春日，清心謁梵宮。荒村經小雨，細麥受和風。柳已垂垂緑，桃將冉冉紅。歸時輕棹穩，人在夕陽中。

## 衡宇即事

化日已無邊，書齋可自潛。輕風寒剪剪，細雨曉纖纖。唤友鶯穿柳，銜泥燕入簾。門前生意好，滿地草芽尖。

## 書齋即事

駘蕩春風起，吹開草木花。青簾颺江館，緑柳暗漁家。得句思無限，觀棋趣有加。書齋閑坐好，時復閱南華。

## 和車軒閑望韻

凝睇望晴川，烟雲慘淡連。鴉啼清曉樹，花落暮春天。思索吟肩聳，推敲句意圓。光陰無限好，不覺思陶然。

## 和車軒先生述懷韻

愛静樂無涯，欣看鬢未華。窗前風颺蝶，檻内雨催花。已用詩言志，何須酒作家。呼童汲深井，自起試新茶。

## 雨

山氣蒸雲濕，寒生雨欲來。昏昏翳林木，密密灑樓臺。衹恐津難涉，何妨詩重裁。扁舟維柳岸，共交且銜杯。

## 雨中即事

天末涼風起，青山豁遠眸。庭花階下落，園草雨中稠。囀樹雙黄鳥，浮波一白鷗。扁舟瀆海上，何必五湖遊。

## 送張憲使

奉命來南詔，歸途雨乍晴。好山迎綉轂，芳樹引銀旌。聲譽馳遐域，才能播上京。徘徊岐路側，樽酒慰離情。

## 和李參憲韻

曉出津橋外，風吹襟袖清。日升林掩映，霜落水澄明。驄馬馳官路，青山擁郡城。李侯如李白，詩思滿前生。

## 冬陰

早起朔風寒，飢禽集樹端。漁人移棹懶，獵騎踏霜難。四野濃雲暗，千林落葉殘。毳袍重可衣，酌酒更爲懽。

## 行次昆陽

朝來有行役，騎馬到昆陽。映日山光紫，經霜草色黄。茫茫滇水闊，去去旅途長。佛寺深林裏，樓臺出上方。

## 澂江宿彭將軍宅

故人留我宿，款曲叙交情。美酒金杯勸，新詩彩筆成。庭前松檜列，屋後澗泉鳴。誰似將軍達，田園樂此生。

## 題清溪罷釣

小艇泊溪畔，幽人罷釣歸。水雲同得趣，鷗鷺與忘機。散步尋沙路，吟詩坐石磯。蘆花逗明月，皓色上絺衣。

## 柬逯先生

白日軒窗静，鶯啼緑樹陰。幽居嘗茗味，高坐辨琴音。不雨苗將旱，望雲天欲霖。何時舊遊處，飲子酒杯深。

## 送吕大參

有客朝京去，臨期爲贈言。賓朋慵折柳，父老慕攀轅。明月人千里，青山酒一樽。彤庭如到日，準擬受榮恩。

## 和人詩韻

雨過槐陰緑，清和景自嘉。學飛梁上燕，欲謝苑中花。性僻常耽酒，神清每嗜茶。平生亦疏懶，殊不尚浮華。

## 過寶曇寺

城居春欲暮，乘興入山林。頓起雲霞想，惟聞鐘磬音。岩扉花寂寂，苔徑竹森森。老衲談空話，端能悦我心。

## 坐僧中庭房

静坐幽窗下，爐烟裊篆香。竹風吹客袂，松露滴禪床。詞客情偏好，山僧趣自長。安心吾已悟，煩惱變清涼。

## 筇竹寺贈玉峰老僧

昨宵微雨過，出郭到山林。竹露清吟思，松風和梵音。已無塵雜慮，獨有歲寒心。人我俱忘却，空門趣轉深。

## 送周憲使

考滿例朝覲，行行萬里賒。山程經六詔，峽水下三巴。月白猿聲急，風高雁字斜。不知從此去，幾日到京華。

## 和逯先生幽居詩韻

幽居已無事，終日得清閑。花影移窗外，禽聲在樹間。陶情吟好句，澹慮對青山。我欲窮今古，書齋每閉關。

## 寄車軒先生

忽憶車軒叟，書齋肯一過。風前思態度，月下想吟哦。杜酒知誰勸，陶詩祇自歌。不知空館裏，高興復如何。

## 過靈香亭

公餘仍退食，散步入靈香。樹色園中緑，苔痕石上蒼。清風歇團扇，凉雨净琴張。首夏斯遊處，清哉興味長。

### 和逯先生喜雨詩韻

炎蒸久不雨，一雨即凉生。枕簟偏能净，襟懷自是清。哦詩花下立，適興竹間行。滿眼添新意，階前長決明。

### 晚凉獨步

晚來微雨過，散步在庭前。衆鳥林間宿，疏螢竹裏穿。凉生風細細，天净月娟娟。賞此多佳趣，心清久不眠。

### 贈立恒中

每日柴門掩，云何老病生。閑窗動詩思，深院歇碁聲。雨砌苔痕長，月庭松影清。知公有佳趣，唯得自娱情。

### 賦西林詩

坐如鶴不睡，閑共雲無心。白日回廊静，清風古院深。扶筇來遠道，披衲到西林。我憶清吟處，空階柿葉陰。

## 和車軒自遣韻

静坐幽窗下，閑中佳思多。清風能自至，小雨忽然過。美酒須當飲，新詩亦可哦。眼前無俗事，光景也由他。

## 書齋即事

池塘初雨過，水面貼新荷。小燕穿青幕，輕鷗泛碧波。窗前臨晉貼，座上聽吴歌。香醪拚一醉，焉用説無何。

## 柬車軒

節候當芒種，田家正務農。微風牽荇帶，清雨洗山容。筆底詩章麗，樽中酒味濃。與君傾一醉，談笑喜相逢。

## 遊太華寺

佛嚴古禪寺，地僻遠人烟。颯爽風檐竹，清泠石竇泉。碧天初過雨，落日欲歸船。此境俱相值，令人思豁然。

## 宿地龍屯

出門仍值雨，晚宿地龍屯。野曠人烟少，雲開山色新。正吟新句好，稍喜濁醪醇。卑舍皆茅覆，安居任屈伸。

## 贈僧財大用解制下山

山深良夜静，閑話葛藤禪。茗啜石泉味，爐焚柏子烟。風清窗外竹，月滿定中天。喜爾來相謁，題詩記往年。

## 宿曲靖分司

公館當長夏，天晴雨氣收。清風來樹杪，斜日挂樓頭。静把春秋閲，惟將今古求。閑登高阜立，四望豁吟眸。

## 正法寺僧房

惟愛僧房静，能消白日長。窗晴花散影，潭净水生光。竹上詩人句，爐中柏子香。閑看時景好，梅熟滿林黄。

## 挽周中憲

逝矣周中憲，悠悠動我思。姓名遺憲府，綱紀著清時。旅櫬途應遠，訃音家未知。難忘交契舊，哀挽謾成詩。

## 登彌勒閣

寶閣俯清流，開窗豁遠眸。荷香風陣陣，天碧水悠悠。得句欣尤捷，娱情樂未休。登臨無限景，稍覺入新秋。

## 和車軒聽琴詩

彈琴吾所好，指下發清鏗。隱隱高山調，泠泠流水聲。真能消俗慮，信可樂浮生。得趣陶元亮，無弦是有情。

## 和車軒華山夫詩

華山一道士，爲我説全真。豈獨不循理，尤兼大惑人。狐禪思浪迹，左道欲謀身。政事殊無此，丁寧告庶民。

## 秋夜坐

新秋方入夜，静坐思悠然。樹上風聲息，池中月影圓。香仍焚小鼎，茗復煮清泉。詩就聊長咏，焉能似往賢。

## 用人晚登李氏樓韻

登樓日將暮，四顧覺沉冥。夕照開岩谷，晴烟起野坰。波光摇鳥白，山色擁螺青。好手誰能畫，重教醉眼醒。

## 遣興

天高氣初肅，景物復何如。適興過僧寺，尋幽訪隱居。涼風吹燕雀，秋水老芙蕖。我固知如此，吟詩自可舒。

## 秋日過龍泉

登臨有佳趣，偶爾到龍泉。駐馬看山色，觀魚傍水淵。寒花開的的，晴蝶舞翩翩。賞此無塵俗，心神益暢然。

## 偶成

禾黍清秋日，江堤信馬行。平蕪遥接郭，疏柳半遮城。塞雁雲間下，風帆水上輕。新詩聊以賦，野望足閑情。

## 坐常樂寺僧房

僧房宜静坐，坐久轉清幽。絶却心中念，俱成物外遊。園花秋寂寂，澗水日悠悠。老衲陪閑語，呼童具茗甌。

## 齋宿公堂

更漏初長夜，星河欲轉時。不眠情耿耿，端坐思遲遲。竹影摇階月，烏聲遶樹枝。明朝躬上表，僚屬肅威儀。

## 己丑歲八月十三日宿挹翠樓，夜雨

蕭蕭零夜雨，卧内嫩凉生。高枕聽無寐，空階滴有聲。林間木葉落，窗外草蟲鳴。起坐長吟罷，依然對短檠。

## 題僧立恒中安心齋卷

羨子空門學，安心扁是齋。山林真意趣，風月好襟懷。問法無非理，參玄亦有階。既知俱是幻，不必外形骸。

## 對瓶中菊寄逯先生

坐愛窗間菊，黄花間白花。清幽香可賞，中正色尤嘉。每嘆荆公句，仍思靖節家。重逢九日至，笑插一枝斜。

## 柬蓬居胡先生

風雨苦連日，書齋長憶君。窗間頻對竹，户外獨看雲。自得吟詩趣，何妨酌酒醺。明朝一相見，與子重論文。

## 九日寄車軒

九日滇南地，東籬逸興催。黄花衝雨放，緑酒爲君開。笑把茱萸插，欣將詩句裁。留連光景好，不必憶登臺。

## 宿挹翠小樓

停燈耿不寐，寂寂坐深更。候雁鳴秋渚，寒砧擣戍城。良朋佳句興，遊客故鄉情。滴滴檐間雨，新凉卧内生。

## 霜天秋曉

雞聲斷遠近，靈曜出東方。霜重山楓赤，秋高塞草黄。水邊凫散亂，天際雁翱翔。遥憶征途客，孤吟興自長。

## 樓上

憑欄縱遠眸，應喜在高樓。四顧迥無際，一時消盡愁。澤國風霜日，山村禾黍秋。孤帆來浦溆，颭颭度中流。

## 寄平松雨先生

十月滇南地，梅開應小春。魚書仍寄遠，藻句爲懷人。羡子才多邁，慚余學未臻。何時一相對，共醉玉醪醇。

## 和車軒詩韻

先生雖老邁，詞賦尚風流。夜永爐存火，天寒身着裘。扶笻投古寺，臨泛羨漁舟。兩鬢皆成雪，還能憶舊遊。

## 賦花馬

駿骨非凡種，傳來自渥洼。雙蹄如削玉，遍體若生花。不待王良顧，應經伯樂誇。雕鞍載公子，豈比困鹽車。

## 冬日和胡先生韻

陽復當冬至，恩光洽四夷。寒梅將破臘，瑞雪正當時。萬國趨黄道，千官拜赤墀。邊庭無斥候，叨寄在南維。

## 宿陽宗縣

山行十餘里，仍復到陽宗。壟畝摇深麥，溪山長大松。風光隨客騎，春事動村農。隔院居民住，時來聽晚春。

## 行次炒甸

朝來山郭静，樹木隱人家。裊娜垂堤柳，芳菲夾道花。微風吹燕雀，膏雨長桑麻。得句時堪咏，悠然興轉嘉。

## 新柳

江堤春雨過，新柳自芳榮。舒眼先窺暖，垂絲欲待鶯。當年陶令宅，此日亞夫營。愛爾條柔弱，留來贈遠行。

## 春遊

荏苒春光好，追遊遂此情。園紅蜂競集，樹緑鳥和鳴。野岸寒水解，芳洲杜若生。放懷須極樂，美酒不辭傾。

## 漫興

滇南春二月，暖日麗長天。野徑飛蝴蝶，村園叫杜鵑。花間晞湛露，柳外散輕烟。莫負光陰好，娱情樂自然。

## 和復齋胡先生遊寺詩韻

三春行樂處，四體亦能舒。轉使吟懷好，何妨飲興餘。風微翻小燕，波暖躍群魚。寶地重來謁，幽情與昔如。

## 坐僧方田房

暇日登蘭若，禪房暫一過。松聲林外寂，草色雨中多。古砌緣脩竹，頹垣掛蔦蘿。上人僧臘長，禪意近如何。

## 暮春遣懷

槐院日初長，營巢燕子忙。風來花落片，雨過草生香。信筆題新句，邀朋酌巨觴。閑臨流水上，清思滿滄浪。

## 太華寺夜坐

開軒乘夜坐，不覺入深更。熟與僧徒話，全消幻俗情。風來林木振，雲散月華明。我意俱岑寂，吟詩思頗清。

## 遊崇聖寺

春和媚景明，野寺適閑情。啜茗探禪語，開函閱藏經。拂花翻乳燕，擲柳囀新鶯。杖策臨奇石，令人歡喜生。

## 中秋寄憲副徐公

金氣已將半，瑶空月正圓。秋聲來樹杪，桂影落樽前。自笑容顏老，俄驚節序遷。南樓多逸興，莫負此嬋娟。

## 奉別陳大參

客裏歲將新，那堪别故人。江山難數會，詩酒且相親。雅操超流俗，佳聲播遠民。想應旋旆日，花柳正芳春。

## 寓新興

歲晚寓新興，天寒客思增。四山澄白月，一榻對青燈。禮樂時方盛，文章老未能。生平殊懶散，責善籍良朋。

## 宿昆陽

曉起到昆陽，冬深景漸長。輕烟開野色，初日動湖光。静裏琴三弄，閑來酒一觴。故人雖咫尺，翹首意茫茫。

## 寄陳大參

旅泊借僧居，清幽趣有餘。談禪深悟道，賞静獨看書。野徑梅俱發，官橋柳尚疏。相逢驚歲晚，不樂復何如。

## 和胡祭酒春興四首

東風回暖律，清興動閑吟。白髮驚將老，青陽喜又臨。芳林含宿雨，晴野帶春陰。廬阜多佳勝，何時許共尋。

## 又

幾日違清賞，其如風景何。猗蘭老空谷，啼鳥隔烟蘿。雨露恩偏重，田園趣亦多。相思不相見，歲月易蹉跎。

## 又

地暖鶯偏早，花遲氣尚寒。東風輕杖屨，芳味盛杯盤。世俗同誰論，詩書每自看。豈因耽野趣，祇恐又春殘。

## 又

春來頻出郭，景趣自怡然。嘉樹村村緑，名花處處妍。課童澆藥圃，教子讀韋編。滿眼皆生意，扶笻過野田。

## 寄陳大參

晉寧分手後，雲樹屢相思。驛路看山處，禪房聽雨時。逢人頻問訊，寄遠謾裁詩。僚寀多瞻仰，歸程莫教遲。

## 次陳大參韻

去日花初發，詩來笋又簪。撫民經遠徼，學佛寓名藍。鶴唳松間聽，禪心石上參。歸時更清暇，對酒共高談。

## 雨中寄郭仲彬

連朝時雨落，泥潦滿階除。應阻遊人興，無妨君子居。酒樽殊間闊，詩句肯荒疏。知爾空齋裏，焚香静讀書。

## 送朱孟端還臨安

滇城二月春，花柳暗雲津。把酒看青嶂，臨流咏白蘋。亂峰新霽雨，遠道獨歸人。勉爾宜珍重，高堂有老親。

# 素軒集卷之四

## 五言律詩

### 行次安寧

行李安寧道，風輕快玉驄。草鋪平野緑，花發映山紅。隱隱雲間樹，依依水上蓬。漁村經雨後，景況似江東。

### 聽鶯

日高晞湛露，花下聽流鶯。睍睆調新舌，間關弄巧聲。曉窗醒客夢，午院助詩情。此鳥曾知止，三良怨未平。

和車軒韻

晨起軒中坐，身輕愛葛衣。雲開山遠近，天霽日光輝。花自春深減，梅因雨後肥。憑闌閑佇目，静數暮鴉歸。

題日東僧大用所藏朱寅仲山水

扶桑日初上，林樹映高岑。恍見天邊色，如聞澗下音。偶題聊適興，獨對可娱心。緬想揮名筆，當時寓意深。

書窗對雨

永日高齋坐，開窗對雨時。常臨脩禊帖，熟讀咏懷詩。翠積苔痕厚，紅消花樹衰。琴書當自樂，不必動遐思。

## 和車軒詩韻

清晨讀道書，至理亦無如。縱飲情何限，長吟思有餘。娱心開北牖，散步下前除。春草含生意，青青滿野居。

## 寄胡先生

自惜離群後，相將一載餘。閑情耽翰墨，野興付樵漁。把鏡容顔改，居夷禮法疏。中秋明月下，還憶對琴書。

## 秋夜雨

疏雨滴深更，偏令寐不成。蘆花摧野岸，梧葉墜山城。爽氣侵簾入，寒聲徹夜清。殊無羈旅况，自得遂幽情。

## 暮秋即事二首

景物初岑寂，杪秋霜露寒。園幽存晚菊，溪近愛風湍。放曠懷陶令，清高憶謝安。行吟投古寺，落日在江干。

## 又

野迴秋陰闊，風清露氣濃。蕭蕭窗外竹，歷歷澗邊松。適興吟新句，尋幽覓舊踪。晚來林下坐，隔疃聽村舂。

## 登大悲閣逢段澍先生

秉閑遊古寺，林下振秋風。石室松聲滿，苔階露氣濃。菊花存晚節，雁影落寒空。詞客欣良晤，悠然野興同。

## 遊龍池與道者話

春日龍池上，還多好鳥鳴。風清花瓣落，水暖荇絲輕。藥圃芝苗秀，松亭鶴唳清。散步苔階下，悠然物外情。

## 遊慧光寺

清晨初過雨，野寺曉鐘沉。水暖魚翻藻，風和鳥出林。哦詩忘俗慮，煮茗沃塵心。欲寫琴中趣，何人爲賞音。

## 和蔣御史韻，並謝松花之惠

松花真絶品，服食可延年。採擷經三月，敷榮自九天。嘗隨仙仗下，曾近日華邊。遠致情應厚，何殊萬里傳。

## 夏日坐靈香亭

亭子極清幽，軒窗爽氣浮。竹深無酷暑，雨霽似新秋。野景何沖曠，閑情愛逗遛。塵紛俱已寂，清趣付輕鷗。

## 即事

一雨除煩暑，紗厨枕席清。階前添竹色，澗底落泉聲。書得鍾王趣，詩懷陶謝名。焚香窗下坐，把筆述閑情。

## 僧寺小池

野衲栖禪地，白蓮開滿池。静涵新月影，低拂老松枝。洗硯閑臨處，攜筇獨到時。攢眉思入社，爲報遠公知。

## 送段先生還臨安

山川清雨霽，金氣應新秋。旅雁來天末，寒蟬在樹頭。客懷殊落落，詩思自悠悠。不忍臨岐别，停杯且暫留。

## 雨中漫興二首

晚來殘雨過，縱目上高樓。不見雲中雁，惟多水上鷗。輕烟迷竹墅，落日下林丘。已有西成望，離離穲稏稠。

## 又

天際雲初散，俄然風氣清。晚蟬聲在樹，衰柳色依城。嗜酒唯陶性，耽詩豈爲名。有時佳思集，隨意述閑情。

## 送張僉憲考滿

張公名藉甚，報政喜朝京。遠道青驄健，長江畫鷁輕。夷民懷令德，寮寀頌芳聲。春日長亭上，那堪離別情。

## 送劉參議考滿

送别之京去，河梁惜解攜。賢良逢聖世，名藉載金閨。棘道春馳馬，巴江曉聽雞。大廷霑雨露，餘惠及蒸黎。

## 寄平松雨先生

澤國多零雨，炎天晝亦凉。荷香薰座榻，竹色映琴堂。憶友傾金斝，吟詩溢錦囊。暮雲與春樹，情思更何量。

## 移舟採荇

移舟滄渚畔，取荇趣偏長。翠帶牽風細，紫花含雨香。應宜淑女採，不許野人將。適意歸來晚，輕帆掛夕陽。

## 薰風

院宇當長夏，蕭然清興多。影摇階下竹，香泛沼中荷。可使炎威却，能令景物和。晚涼閑步處，池水細生波。

## 題袁菊莊卷

瀟灑雲間客，生平愛菊花。已耽陶令趣，應羡屈平家。美酒情偏洽，新詩興更賒。南山佳氣在，千載起長嗟。

## 遊玉泉庵

賞春來野寺，且盡一時歡。軒敞偏多景，羅輕尚薄寒。好花迎繡旆，垂柳拂雕鞍。緬憶蘭亭事，長歌重倚欄。

## 訪中庭

暇日出山城，尋僧遂野情。春和幽鳥囀，風暖落花輕。佳興因時適，迷心此處清。光陰莫虚負，謾飲樂浮生。

## 重過太華寺

新春遂行樂，喜遇上元時。徑竹横窗影，園桃拂檻枝。風和鶯出谷，冰泮水流澌。賸有登臨興，何妨歸去遲。

## 贈護維那

久爲塵寰隔，還來隱者居。竹風孤枕冷，松月半窗虚。杖錫看芝草，焚香閲貝書。煮茶延我坐，不必論華胥。

## 新槐

春暮雨初歇，庭槐發嫩柯。色黄猶淺淡，陰緑未婆娑。偏稱流鶯囀，還宜乳燕過。晚來閑步處，疏影拂晴波。

### 寄適意道人

記得分攜日，俄驚春又闌。每思遊賞際，都在笑談間。濯足臨瀘水，怡懷對判山。刀圭能餌服，真可駐童顔。

### 雨中東菊莊

朝來雨初歇，新緑滿槐庭。濕潤松篁茂，清滋蘭蕙馨。閑臨脩禊帖，謾閲衛生經。萬里無雲翳，鈎簾山色青。

### 贈試官

聖朝崇典禮，又喜試秋闈。多士稱才俊，鴻儒更發揮。文光射奎璧，詞賦吐珠璣。燈下披黄卷，應知道不違。

## 寄朱寅仲

飲食今何似，興居得自然。丹青惟寓意，藥石可延年。把菊懷吾友，開樽憶往賢。清時應感舊，目極判山巔。

## 寄劉大參

緑樹布濃陰，春徂夏又臨。拂檐翻小燕，隔葉囀佳禽。寄遠還題句，相逢更盍簪。滇南行樂處，若箇是知音。

## 丁未年除夕

守歲逢兹夕，情懷復悵然。慈親違建業，遊子寓南滇。列炬驚栖鳥，開樽集衆賢。更深殊不寐，明日又新年。

## 遊圓照寺

春來山寺裏，風景自清幽。竹影移禪榻，花香落茗甌。漆園情已識，蓮社興當酬。從此生歡喜，歸來信紫騮。

端午寄胡指揮

殊方當仲夏，節序又端陽。酒泛蒲葅緑，門懸艾葉香。懷人情更切，感舊思偏長。屢賦新詩句，憑誰寄永昌。

寄陳大參

分攜還記得，倏爾又中秋。有約同看月，無緣獨舉甌。詩書猶未達，歲月去如流。寄與知音者，情懷莫悵惆。

喜雪偶成，柬陳參政

天上彤雲布，空中瑞雪垂。麥苗敷迥野，梅蕊綻疏枝。細酌黨家酒，清吟杜甫詩。年豐應有兆，聊寫報相知。

## 梅花

南詔春回早，梅花雪後芳。高枝呈素艷，小朵弄新妝。每愛臨池影，猶矜拂袂香。夜深聞笛處，坐對月昏黃。

## 除夕

守歲當兹夕，朋簪盍燕居。生盆燃院落，爆竹響街衢。對酒慚無量，吟詩興有餘。明朝過五十，不飲竟何如。

## 寄朱紳

年華何迅速，滇海又逢春。漸覺容顔老，應知物候新。梅花初餞臈，柳眼欲窺人。寄與瀘江客，尋芳莫厭頻。

## 寄平宣

都門云别後，三載易星霜。洗耳琴聲曠，懷人詩思長。簾虚山色净，坐近水花香。萬里遥相憶，能無寄八行。

## 九日寄郭文、陳謙

殊方逢九日，感物動遐思。莫負登高趣，聊題逸興詩。樽開醽醁酒，手把菊花枝。故友重相見，俄驚鬢有絲。

## 寄陳大參

執别河梁後，無由問起居。相違千里道，不見一行書。野館梅初發，津亭柳欲舒。殊方饒瘴癘，餌藥近何如。

## 閑居寄陳大參

閑居隨所適，奕罷又琴書。静賞心偏逸，幽探興有餘。雲山蕭寺遠，夜月竹窗虚。因憶陳夫子，别來音問疏。

## 寄郭、居二秀才

梅子欲黄時，朝來雨散絲。關山千里隔，雲樹幾回思。嫩竹含新籜，圓荷泛緑漪。因將眼前趣，寫作寄人詩。

## 寄陳大参

滇南分手後，不覺值深秋。輾轉思三益，言歸老一丘。菊花荒院落，蘆雪滿汀州。近有魚書至，鼓盆歌未休。

## 寄徐憲副

美人别我久，各在天一方。伐木詩空誦，停雲思更長。炎荒無過雁，旅邸有啼螿。幾度登樓望，青山又夕陽。

## 次萬縣

舟行連日雨，今夕喜新晴。月色涵江郭，人烟接郡城。斷猿聽不厭，孤嶂畫難成。隔岸漁家住，孤燈點點明。

## 泊巴東縣

巴江水初落，正是泊舟時。洗盞閑嘗茗，挑燈謾奕棋。漁人歸遠浦，宿鳥集深枝。客路多清事，能無一賦詩。

## 泊枝江

日落江天晚，維舟近野汀。蘆花争吐白，柳葉尚含青。隔岸明漁火，依山聳驛亭。掀蓬閑坐久，空碧炯疏星。

## 泊沙市有懷

夜泊荆江上，令人動遠思。船頭浪初静，天外月來遲。沙市明燈火，漁舟斂釣絲。聯翩征雁過，不見寄新詩。

## 泊調弦驛

晚宿調弦港，霜天夜氣清。荻花風細細，月色水盈盈。客舍高低樹，漁歌欸乃聲。興來揮彩筆，聊寫一時情。

## 城陵磯阻風

冬月如春暖，湘江水未平。天邊青嶂小，波上白鷗輕。佳茗閑同啜，新詩喜共賡。狂風連日夜，遠客若爲情。

## 泊石頭口驛

天寒霜乍落，沙淺水痕收。紅樹林邊驛，夕陽江上舟。捕魚人曬網，聞雁客登樓。此景堪圖畫，閑看興趣優。

## 宿巴河

北風寒始急，今夜宿巴河。近渚見漁火，隔溪聞棹歌。一封鄉信遠，萬里客情多。剪燭坐來久，圍棋却睡魔。

## 小孤山

絶頂窺彭澤，高厓控海門。鬼神司造化，今古拱乾坤。野曠高低樹，江平遠近村。登臨無限意，掃席倒芳樽。

## 過高郵湖二首

假楫平湖上，朔風天正寒。輕鷗浮水面，旅雁下雲端。動静誰能達，詩書好自看。我家居建業，回首路漫漫。

## 又

歲晚過高郵，風狂阻客舟。天空湖水闊，野迥嶺雲收。古岸人家少，荒洲魚鳥稠。何能解簪紱，放浪此中遊。

## 寄陳孟顒

記得都門別，於今六載餘。琴書甘晚節，山水樂閑居。投轄非耽酒，臨淵豈羡魚。相思天萬里，况復雁來疏。

## 淮安至日

至日山陽縣，其如情思何。瞻雲親舍遠，投館客懷多。小酌清樽酒，高吟白雪歌。途中光景易，歲月逝頹波。

## 彭城送别

分手彭城下，趨朝不可留。星河明客棹，鼓角動譙樓。旅雁依荒浦，寒冰走激流。一杯從此别，情思兩悠悠。

## 過荆門閘

向曉過荆門，花明遠近村。驚湍喧客耳，春色慰吟魂。風俗那堪問，人情詎足論。舟行無以遣，强自倒芳樽。

## 過金線閘

春事相將半，舟行泝上流。檢書消永日，命酒遣閑愁。空裹一歸雁，沙邊雙白鷗。東風情太薄，吹雪上人頭。

## 次彭城

春朝微雨晴，放溜過彭城。水漲河流急，風和燕子輕。客中人事異，静裹歲時更。自是歸心切，慵聞杜宇聲。

## 過楊柳青

迢遞京畿路，融和春半天。山川殊富麗，花柳更芳妍。伐鼓催歸棹，揮毫續短篇。憑高舵樓上，吟罷思悠然。

## 磚河舟中遇雪

同雲四野合，大地雪花飛。林下迷樵徑，溪邊失釣磯。有腴滋壟麥，無力拂征衣。獨坐推篷久，殘鴉數點歸。

## 竹深處爲郭九揮使賦

高人性愛竹，深處結軒居。坐挹清風細，吟看翠影虚。蒼苔隨杖屨，明月對琴書。剩得閑中趣，翛然樂有餘。

## 泊清浪道中

行舟當暑月，天氣極炎蒸。厭聽蟬喧耳，惟看猿掛藤。無由得清景，思欲踏層冰。晚向江頭坐，波光映玉繩。

## 次辰陽有感

彩舟浮十日，歸旆到辰陽。江水緑於染，野芳幽更香。解衣因苦熱，揮扇較生凉。南詔雖云遠，於今載職方。

## 宿打牛坪

晨征過樣備，晚宿打牛坪。路險人還陟，梁危馬不驚。村園聞布谷，畎畝見農耕。此去惟柔遠，詩書寓客情。

## 次永平

僕從趣行李，懷柔之永平。遠山青列嶂，高柳緑依城。春晚鶯花老，嵐消瘴癘清。推心惟格物，知止自爲情。

## 寄居廣

别後殊相憶，窮經與校書。筆花能夢不，琴操亦何如。遠客情懷好，故人音問疏。新詩聊寫寄，明月又盈虚。

## 寄陳謙

旅館復栖遲，令人有所思。微風輕燕子，驟雨落花枝。排悶開春酒，娱懷誦逸詩。閑來隨處樂，窗下看圍棋。

## 梅花詩寄劉大參

檻外梅花樹，當時手自栽。臨池清影瘦，拂袂暗香來。向暖窺春早，凌寒映雪開。調羹惟爾實，莫使委蒼苔。

## 過勝備驛

縈紆山路險，溪上跨危梁。緑水緣溪備，青雲入點蒼。異鄉歸思迫，旅寓客懷長。草樹何蕃鬱，炎蒸不可當。

## 過打牛坪遇雨

候館當春暮，俄然風雨來。應能清瘴癘，已見没塵埃。野墅啼鵑切，征途客騎回。憑高聊送目，新緑滿池臺。

## 寄段教授

蚤歲曾簪筆，金門籍姓名。青袍仍教職，皓首尚窮經。不憚驅馳力，惟言繾綣情。芳樽有美酒，旅館更誰傾。

## 寄陳方伯

別後經旬日，相思夢幾回。詩篇閑處寫，藥裹病中開。顧我淹征旆，逢人寄遠梅。邊城明月夜，東望重徘徊。

## 寄徐憲副三首

客館晝荒凉，娱懷藉酒觴。烟嵐分坐榻，山水入詩囊。故友情何重，新緘墨尚香。行裝隨處樂，不覺在殊方。

## 又

寂寞殊方客，終朝憶故人。山深征雁斷，溪暖早梅新。地僻交遊少，更長夢寐頻。何時滇海上，聯轡賞芳春。

## 又

冬日之威楚，光陰近一陽。夷民偕樂業，禾黍盡登場。地暖梅花白，霜寒木葉黄。緬思文墨暇，誰與共壺觴。

## 寄居、阮二生

一别滇城後，天寒冬又深。客窗聊拾句，公館静鳴琴。隱隱山横野，蕭蕭葉滿林。遥知讀書暇，杯酒謾同斟。

## 次韻徐憲副冬日見寄二首

雪消寒氣盡，日出瘴烟開。古調梅花曲，新春竹葉杯。一陽將暖至，千里寄書來。早晚應相見，琴樽日日陪。

## 又

天空平野闊，初日照旌旗。雪後渾無瘴，冰消尚有澌。金樽開臘醖，皓齒度新詞。未卜同清賞，難忘歲晚期。

## 寄陳方伯

客寓洱西地，又逢冬暮時。有詩長見寄，無日不相思。白裩梅花雪，青歸楊柳枝。春風滿滇海，重與話襟期。

## 寄郭仲彬

相違逾十日，行李近如何。野店寒梅早，山村落葉多。深杯時酩酊，佳句自吟哦。客路殊清致，那知歲月過。

## 寄居、阮二生

客館多清暇，琴樽日日懽。東風將布暖，臘雪尚餘寒。漸覺頭顱改，俄驚歲事闌。杏花墻外發，獨自倚欄看。

## 又

今夕值元宵，山村景寂寥。芳樽聊獨酌，松炬謾高燒。無寐衆喧息，有懷千里遥。滇城當此際，燈月照笙簫。

## 次楚塲

芳春天氣和，征斾駐岩阿。高柳含清旭，夭桃映淺波。山林人事少，詩酒客情多。緬想書堂裏，諸生近若何。

## 駐苦牙營

異域春將半，東風鳥亂啼。烟嵐開古戍，花柳暗蠻溪。山秀愜人意，原平快馬蹄。巡行遍郊野，不覺夕陽西。

## 寄陳方伯

久客炎荒地，芳春已半過。别離徒問訊，調養復如何。原上花枝少，池邊草色多。清明佳節近，行樂竟蹉跎。

## 寄徐憲副

滇陽春正好，遊賞負佳期。山水一千里，鶯花二月時。柳營風淡淡，柏府日遲遲。無情囊中句，傳來慰遠思。

**宿永慶寺**

旅宿依蘭若，悠然契夙心。禪堂閑白晝，佛屋翳芳林。候鳥鳴還歇，春雲霽復陰。獨憐方外客，終日對高岑。

**雪**

四野彤雲合，隨風片片來。須臾銀布地，頃刻玉成堆。三白偏宜麥，孤芳獨見梅。新年有嘉瑞，莫惜醉金杯。

**寄居、阮二生**

駐馬葉榆澤，天寒歲暮時。蒼山饒白雪，洱水澹清漪。柳色回南陌，梅花放北枝。登臨有佳興，寄遠賦新詩。

## 螳川

信馬到螳川，芳春景更妍。梨花嬌殢雨，柳葉緑垂烟。感興題新句，酣歌記昔年。客中隨所樂，散步浴温泉。

## 沙籠村

晨征止何處，村店次沙籠。宿食俱隨意，行藏任轉蓬。雨滋蘼草緑，日暖杏花紅。民俗雖殊異，春光到處同。

## 羅次縣

朝行逾百里，不覺陟長途。詩話憑誰論，村醪爲我沽。山川殊險異，客邸且歡娱。對此情懷好，蕭然一事無。

## 次徐憲副寄陳大參韻

宦遊三月久，使節幾時還。灑翰臨名帖，開樽對碧山。龍韜予未解，仙桂子能攀。緬想儀容美，應知意趣閑。

## 寄徐憲副

翹首望金滄，雲山路渺茫。江楓明夕照，籬菊綻重陽。旅館敲詩句，烏臺肅典章。歸來談笑際，新酒醉華觴。

## 九日

此日逢重九，東籬菊又黄。光陰從代謝，詩酒且疏狂。雁陣拖秋色，湖光蕩夕陽。登臨懷往事，無奈鬢毛蒼。

## 寄陳大參

城西分手後，倏忽又初冬。霜老千村樹，風清萬壑松。經綸心最切，吟咏興尤濃。幾度相思夜，月明山寺鐘。

## 冬至

殊方逢至日，地底一陽回。堤暖將舒柳，山寒未放梅。客情嗟潦倒，流景苦相催。遥憶平生友，無由共一杯。

## 次沙甸

客路經沙甸，夷居盡草樓。殘紅點芳徑，新緑漲春流。麥隴飛山雉，桑林喚野鳩。殊方風物異，近喜似中州。

## 寄胡愷軒

永昌千里外，風景近如何。緑樹鶯聲老，青春客思多。看山聊適興，對酒且當歌。塵事無紛擾，安居養泰和。

## 雨中有懷寄陳大參二首

獨坐書窗下，天風送雨來。白添湖上水，緑長徑邊苔。適興琴三弄，消閑酒一杯。故人蕭寺裏，車馬幾時回。

又

一雨連朝夕，池塘水又生。映階新竹色，聒耳亂蛙聲。静裏耽詩句，閑中樂道情。遥思林下客，襟抱不勝清。

次張參議詩韻

政簡薇垣静，襟懷樂自如。高談霏玉屑，佳茗煮雲腴。香篆芸窗浄，琴聲竹屋虚。時時有新句，爲我寄幽居。

閑中寄陳大參二首

一雨滌塵埃，書窗盡日開。墨花浮硯沼，竹色上琴臺。佳句時時得，清風細細來。故人不我會，此際獨徘徊。

又

静悟無生理，深探造化工。身心皆夢幻，天地一樊籠。幽鳥棲芳樹，殘花落曉風。澹然忘物我，何必更談空。

## 和張參議謝果詩韻

涼風起高樹，庭院雨初乾。竹簟無炎暑，絺衣有嫩寒。道明心自樂，政簡量尤寬。寄我新詩句，才華亞柳韓。

# 素軒集卷之五

## 五言律詩

### 和曲州

晚坐驛前樓，風寒擁毳裘。震雷天欲雨，曲澗水新流。密樹驚栖鳥，平沙散狎鷗。塵埃俱蕩却，客思更清幽。

### 高橋

行李次高橋，征途不憚勞。夷居藏竹塢，客舍傍山椒。地暖禽聲早，風晴柳絮飄。樽中有美酒，何用解金貂。

## 富民別墅

別墅連村塢，春和值雨晴。新詩惟即景，濁酒謾娛情。碧澗穿雲遠，青山入户明。從容隨所樂，何必更求名。

## 宿真嚴方丈

清夜宿僧房，翛然俗慮忘。心融三昧理，坐對一爐香。剩得山林趣，那嗟鬢髮蒼。更深猶不寐，蘿月滿虛堂。

## 壬戌春宿太華寺

翠微深處寺，樓閣燦金銀。山水登臨舊，鶯花興味新。素琴消白日，綠酒賞青春。寄語栖禪客，相過莫厭頻。

## 送劉御史

饒陽劉侍御，奉命贊南征。節操冰霜肅，襟懷玉雪清。春風驄馬健，曉日繡衣明。樽酒難爲別，關山萬里情。

## 寄居廣

龍華山寺裏，分手各西東。秋水芙蕖老，疏林楓葉紅。交遊人有幾，繾綣思無窮。潦倒慚吾輩，年來任轉蓬。

## 贈郭中昞遠使夷邦

薄言遠行邁，秋杪入夷邦。月夜經灣甸，霜晨過怒江。才長稱第一，學富諒無雙。此別又千里，寧辭倒玉缸。

## 寄郭勛衛

初春相别後，明月幾盈虚。部曲懷仁惠，夷民畏簡書。鳴蟬喧樹杪，新竹滿庭除。緬想多清暇，琴樽樂有餘。

## 過木稀關懷郭、居二秀才

杪秋事行役，路始過烏蠻。馬足青雲上，猿聲碧樹間。賦詩聊適興，沽酒且開顔。孤館懷人際，惟看萬叠山。

## 宿層臺驛有懷

客路當秋杪，今宵寓落臺。古墻緣薜荔，荒院長蒿萊。寫景吟詩句，消閑酌酒杯。懷人情最切，厭聽嶺猿哀。

## 次永寧

百里青泥路，驅馳到永寧。畬田收晚稻，落木語秋鶯。霧隱峰巒色，雨添灘瀨聲。吟詩銷客况，獨坐興尤清。

## 寄郭仲彬

滇南長聚首，旅館獨相思。秋渚蘆花白，霜林橘子垂。斜陽明古戍，寒水落荒陂。野路梅將發，憑誰寄一枝。

## 送嚴御史

四牡去騑騑，青山駐晚暉。邊氓沾惠澤，烏府肅霜威。楓葉明征旆，梅花映繡衣。春風二三月，準擬到京畿。

## 寄楊參贊

别去又旬日，殊方當杪秋。雲山迷遠望，禾黍熟平疇。水落蘆花渚，雁飛明月洲。籌邊有閑暇，莫惜醉金甌。

## 過南平關

南平關下路，今古總相同。猿嘯白雲塢，馬嘶黄葉風。荒村寒樹外，野店夕陽中。緩轡經行處，長吟思不窮。

## 寓永昌

討寇寓邊城，宣威播遠聲。清霜鳴鼓角，初日耀旗旌。籌策餘閑暇，琴樽適性情。明當休戰馬，歸去樂昇平。

## 寄居、阮二生

駐節永昌郡，俄驚換歲華。暖風桃破萼，膏雨草萌芽。琴酌睽違久，鱗鴻道路賒。春光應待我，共賞牡丹花。

## 除夜

今夕是除夕，賓朋樂事賒。爲歡傳柏葉，稱壽頌椒花。席上歌聲緩，燈前舞影斜。客行隨所遇，不覺度年華。

## 新春

風光已過臘，物色喜逢春。暖徑紅將拆，烟堤綠未匀。流鶯囀幽谷，歸馬踏香塵。準擬還家日，梨花酒正新。

## 雨

知時靈雨降，散作永昌春。道路塵埃浄，郊原物色新。紅交花壓樹，綠漲水迷津。漸覺風光好，尋芳約友人。

## 至日

天涯逢至日，晴景漸舒長。岸柳色將變，野梅花正香。夷民多向化，雲物更呈祥。琴酌餘清興，高吟坐畫堂。

## 留别

永昌春正好，去住兩相違。芳草隨征騎，穠花照客衣。流年衰鬢改，異域故交稀。公館多清興，吟詩對夕暉。

## 次沙木和

東歸行百里，公館暫停車。烟柳絲猶短，春花錦不如。野橋連古戍，驛路帶村墟。新酒殊堪飲，陶然興有餘。

## 次永平

昨出哀牢郡，今朝次永平。頭顱添白髮，簡册總虚名。水映千門柳，山圍百雉城。年來戎馬息，耕作樂邊氓。

## 趙州道中

肩輿倚明月，殊覺俗心清。北斗猶垂象，東方未啟明。春山凝黛色，澗水奏琴聲。正是花朝節，韶華動賞情。

## 坐太華方丈

曉來方丈裏，起坐自焚香。說法三生悟，觀心萬慮忘。岩花香冉冉，徑竹色蒼蒼。我亦清高者，閑心詎可量。

## 喜雨

雲氣連山谷，風雷送雨來。洪鈞布生意，大地發枯荄。柳色緑將重，花枝紅欲開。客心殊喜樂，莫惜醉深杯。

## 捨資道中

驛路穿雲入，縈紆幾百盤。山高松月小，谷轉曉風寒。馬度青溪上，猿吟緑樹端。因時觀物理，又見野花殘。

## 次煉象關

節鉞臨邊徼，軍威震異邦。日明金鎖甲，風動碧油幢。耿耿心逾壯，蕭蕭鬢已尨。晚來次山館，高坐對銀釭。

## 寄楊參贊

氣沖時雨降，民物自亨通。静睹調和力，殊多燮理功。新篁穿古徑，小燕弄微風。處處勤農事，何勞卜歲豐。

## 寄余司訓

滇南方孟夏，時雨茂條枚。出户聞黄鳥，攜筇踏翠苔。新詩閑自適，臘醖共誰開。别後情何似，殊無一字來。

## 新春

東風噓暖氣，萬物又知春。緑淺萱初長，黄輕柳未匀。園林啼好鳥，琴酌對高人。自覺多清興，從他白髮新。

## 寄郭、居、阮三秀才

東風布微暖，時序近春分。麥壟宜新雨，花畦稱夕曛。一樽還獨酌，千里惜離群。知爾相思處，詩成絢錦雲。

## 無量寺僧房閑適

蒼山高萬仞，積雪似堆瓊。冲澹新詩句，蕭條舊客情。和風吹徑竹，時雨熟山櫻。静坐無餘事，焚香玩易經。

## 花朝

客路過花朝，山川景物饒。和風輕燕雀，小雨浄塵囂。曉色籠芳草，春光散柳條。揚鞭回首處，沙暖紫騮驕。

## 和應方伯韻三首

駐節蠻夷地，時當秋暮天。陰霾連日夕，草莽遍山川。落葉迷樵徑，清溪横釣船。晚來無一事，聊可賦詩篇。

## 又

秋杪入遐荒，仍居曰者鄉。沙邊無宿鳥，籬下有寒螿。天霽山雲薄，心清旅夜長。平生殊曠達，觴咏恣徜徉。

## 又

殊方天氣暖，冬月不圍爐。瘴霧時開合，峰巒乍有無。野人稱土獠，好鳥唤山呼。擬待歸來日，高軒倒玉壺。

## 懷徐憲副

睽違逾一月，幾度憶情親。木落經霜降，梅開應小春。青山雲外見，白髪鏡中新。喜遇鱗鴻便，封題寄遠人。

## 送劉大參

青春傷遠别，冠蓋出滇陽。風采清於玉，威聲凛若霜。草肥驄馬健，花墜繡衣香。玉筍聯班處，行看被寵光。

## 雨中適興

南國夏多雨，風清暑氣消。不須衣輕葛，尤愛長新條。徑古封蒼蘚，窗虚映緑蕉。呼童煮佳茗，詩思正飄飄。

## 送劉大人

餞别朝京國，離懷一愴然。夷邦歌德政，聖代出才賢。曉路梨花月，春江燕子天。已知心戀闕，翹首五雲邊。

## 自適

遠遊仍客邸，情思不遑寧。古徑朝還陟，衡門晝不扃。禽聲殊宛轉，花片自飄零。行止誰能必，飄飄水上萍。

**遊進耳寺**

問法向山中，迢迢入萬松。巢雲時見鶴，隔水忽聞鐘。花木禪房静，金銀佛殿重。老僧延款久，談笑坐從容。

**病起寄楊參贊二首**

愧我嬰微疾，勞君日夕過。體全同沈約，形稍類維摩。緑滿庭前草，紅香沼内荷。稀年期漸近，情思更蹉跎。

**又**

長夏連朝雨，開軒好納凉。苔痕侵柱礎，竹色映琴床。緑蓋芙蕖沼，青敷薜荔墻。農家栽蒔畢，準擬樂豐穰。

**寄王太守**

南國逢端午，多情憶故人。感時驚白髮，隨意倒清樽。竹笋穿階長，榴花照眼新。憑高東望處，何日共論文。

## 送程都憲二首

柏臺老風憲，銜命到滇陽。輓粟過沙壩，乘軺入鞏章。夷民懷德澤，部曲仰威光。今日歸朝去，雲山路渺茫。

## 又

督運來南詔，煌煌繡節明。清風隨四牡，初日照雙旌。政令敷邊徼，才名播兩京。臨岐那忍別，莫厭酒頻傾。

## 送賴廉使朝京

風高宿雨晴，述職又東行。秋野蘼蕪色，天涯雲樹情。途長驄馬健，水落鷁舟輕。若遇南來使，寧辭一寄聲。

## 行次乍摩書示居、阮二生

佳節近清明，風光益暢情。花開迎去騎，樹暖囀流鶯。隨意裁新句，消愁酌巨觥。窮崖與絶壑，無處不經行。

## 遊玉泉寺

萬木深藏寺，天晴風景嘉。一欄羅漢竹，滿院杜鵑花。澗影摇蒼玉，林光炫彩霞。夕陽歸路晚，遊賞興無涯。

## 漫興寄徐憲副

昨宵好風雨，今日喜天晴。花影隨人影，鶯聲雜珮聲。塵埃俱洗滌，心地自澄清。寄與徐夫子，閑中一暢情。

## 閑情四首

軒居聊自適，雨氣送微凉。髮變知年老，情閑覺日長。半簾芳草緑，一樹枳花香。坐久多清興，那知到夕陽。

## 又

雨後塵埃絶，軒中賞静時。横琴彈古調，試墨寫新詩。燕影翻書幌，禽聲在樹枝。生平愛蕭散，此興更誰知。

## 又

昨到碧雞山，僧居林壑間。吟邊多放曠，方外自清閑。看竹添幽興，分茶啟笑顏。朝來望山色，何處是松關。

## 又

南風散炎燠，細雨熟梅天。徑長新移菊，池開舊種蓮。鈎簾對山色，欹枕聽松泉。却笑營營者，那能樂自然。

## 遊西山

行樂當晴日，和風拂面來。春從天上至，花自静中開。信馬尋詩句，逢人酌酒杯。怡然足清賞，鞭裊夕陽回。

## 賞牡丹花

雨餘庭院静，來賞牡丹花。已動詩人興，還令坐客誇。東風輕繡轂，晴日炫香霞。拚却樽前醉，從教鬢有華。

## 挽陳都閫勛衛

青年會京邑，白髮聚邊城。正好同談笑，那堪異死生。平蠻負長策，報國竭忠誠。落日山川瞑，潸然涕淚傾。

## 次乃壠

曉歷亂山中，行裝宿乃壠。寒塘荷葉老，遠渚蓼花紅。蠻俗村村異，鷄聲處處同。重陽明日是，光景似飛蓬。

## 宿穀甸

征行逢九日，從騎似登高。小雨霑烏帽，輕寒試錦袍。村園無橘柚，野甸盡蓬蒿。此夕憑何遣，燈前閱六韜。

## 駐泥革

營駐深山裏，群峰似劍門。長途馳駿馬，老樹聽清猿。濕翠溪邊竹，斜陽雨外村。晚來惟獨坐，詩酒共誰論。

宿普採人家

曉涉盤江水，山行百里餘。那知雲路客，暫宿野人居。屋後青山立，門前翠柳疏。殊方多異俗，爲市趁村墟。

駐曰者營

朝來散客情，送目倚前楹。物色秋將老，園林雨漸晴。空中無雁字，草際有蛩聲。自是多閑暇，吟成句更清。

寄陳大參

點蒼山上雪，此際稍凝寒。服食勞珍重，遊槃匪宴安。砧聲聞月下，雁影見雲端。東閣梅花發，歸來好共看。

## 題陳繡衣愚溪草亭

亭子清溪上，公餘宴坐時。漫傾千日酒，細和八愚詩。霽雨開青嶂，微風漾緑漪。别來頻歲月，夢寐幾回思。

## 遊笻竹寺訪陳大參病

高軒坐長日，興味自清嘉。鉛汞身中藥，雲山物外家。蕭蕭竹窗雨，點點石岩花。塵事無紛擾，優游度歲華。

## 又

笻竹前朝寺，禪房清更幽。笑談無俗客，來往有緇流。慕道心常切，敲詩思未休。何能脱塵鞅，江海狎輕鷗。

## 送邵僉憲

柏臺老僉憲，今日又之京。夜月烏蠻道，秋風白帝城。賓朋陳祖席，寮寀擁前旌。莫惜長亭酒，難忘眷戀情。

## 送蔣參議

積雨喜初晴，凉風爽道清。九年寓滇海，八月赴神京。契友懷交誼，夷民頌政聲。臨岐殊繾綣，無限别離情。

## 次禄脿驛

行年過五十，天命可能知。老去頭盈雪，春來花滿枝。情閑尤嗜酒，性僻苦吟詩。對此風光好，尋芳莫較遲。

## 次禄豐

信馬東風裏，行裝次禄豐。詩書忻有得，談論興無窮。官柳參差緑，岩花深淺紅。春光隨處好，翻入畫圖中。

## 廣通驛送黄琮

使星中夜見，喜遇故人來。屢有恩波及，殊無屏翰材。相逢情意洽，談論笑顔開。握手難爲別，聊傾酒一杯。

## 宿沙橋

旅寓沙橋驛，山多晝有雲。鶯花隨景況，氣候已春分。取適沽新酒，忘憂讀古文。心清無俗事，起坐對斜曛。

## 次白崖

憶昔曾過此，今來十載餘。閑花開院落，芳草遍階除。送目看清景，潛心閱舊書。行藏那可問，情思竟何如。

## 玉龍山

玉龍何壯麗，中有古名藍。芝草生苔砌，松蘿覆石龕。憑高聊送目，對景好停驂。緩步長廊下，無生孰與談。

## 雲泉庵

蒼山殊秀發，結宇就雲泉。影湛晴窗畔，陰浮曲檻前。冷冷清比玉，細細薄於綿。覽此澄遐想，情懷自豁然。

## 華嚴庵

華嚴真佛地，深僻更清幽。座對蒼山雪，窗含洱水秋。塵囂今始息，歲月去如流。老衲殊疏散，身閑類白鷗。

## 卧龍庵

中林栖隱處，地静絶纖埃。古檜當軒茂，流泉繞砌回。暖風吹燕雀，初日照樓臺。牖有盈樽酒，何人共一杯。

## 遊寺

朝來遊覽處，古寺在雲深。徑竹分清影，庭槐轉緑陰。翻經開慧眼，煮茗滌塵心。壁上誰留句，泠然金石音。

## 寓永昌

行營駐永昌，號令肅風霜。瑞雪呈三白，良辰近一陽。閑吟詩自遣，不寐夜偏長。幾度思歸處，令人意渺茫。

## 宿白水驛夜雨

雨館當長夜，寒更屬杪秋。濕螢疏點點，風竹響颼颼。少助詩人興，深添旅客愁。聽來殊不寐，清思詎能休。

## 冬夜有懷居廣

迢迢冬夜永，獨坐意何長。静院石泉響，虛窗燈燭光。餘醒欣茗椀，清興付琴張。忽起懷人想，揮毫賦短章。

## 次元謀縣

旅寓元謀縣，清秋氣漸涼。閑居情更好，静坐日猶長。適意琴三弄，娱懷酒一觴。新詩頻賦得，援筆試玄霜。

## 桂花

清秋零雨霽，老桂散天香。細蕊堆金粟，高枝拂錦堂。幽蘭期共操，佳菊願同芳。賞玩情無已，悠然坐晚凉。

## 楚雄有寄

客行威楚郡，路入萬山深。嵐嶺開新障，風泉韻古琴。村墟連野戍，鷄犬隔松林。安得閑邊友，芳樽好共斟。

## 元日遇雪

海宇逢元日，青陽肇物華。東風飄瑞雪，春意透梅花。疆場三千里，人烟幾萬家。豐年先有兆，勿惜醉流霞。

### 寄居廣

朝夕常相憶，光陰冬復春。梅花溪上老，柳色陌頭新。觴咏思清賞，封題寄遠人。西山多勝概，何日踏香塵。

### 寄陳謙

相違將半載，體况近如何。簾幕東風静，池塘春草多。清閑無酒債，消瘦有詩魔。可得書窗下，横琴理楚歌。

### 獅子山寄居廣

春宵良可惜，延住此山林。坐對花間月，閑調石上琴。論詩蓮漏永，醒酒茗甌深。不得從清樂，何由一賞音。

## 過斡耳朵

昔人舊池館，零落郡城東。春草年年緑，閑花處處紅。感時民物異，代謝古今同。往事應如此，長歌興未窮。

## 曲靖和姚大參

河梁分手處，望望去途長。露冷芳蓮謝，風清古桂香。夷民皆按堵，禾黍既登場。信馬多佳趣，敲詩過六凉。

## 惜别

杪秋風露重，晨起送君竹。共惜交遊洽，那堪别恨生。黄花籬下吐，鴻雁渚邊鳴。午夜公堂裏，孤吟對短檠。

## 九日懷松雨先生

滇南重九日，又見菊花開。笑把茱萸酒，深傾鸚鵡杯。登臨懷上國，詞翰羡奇才。散步東皋上，相思心欲催。

## 宿平夷衛

山程迢遞入，重鎮到平夷。鳥道自林杪，人家多水涯。天晴香稻熟，秋暮渚蓮衰。客裏那堪遣，風前獨咏詩。

## 次六凉

迢遞行山徑，平川次六凉。汀蘆華盡白，岸柳葉皆黄。雨洗秋巒净，風吹晚稻香。賦詩聊適興，清思自能長。

## 寫懷寄陳大參

分手東西去，相思一笑難。遠遊經澤國，久宦歷關山。雁陣横秋色，蛩聲帶曉寒。惟公有嘉政，到處問民安。

## 次和摩驛

朝來初霽雨，涼氣屬清秋。竹密禽聲集，溪平水勢流。風生松露滴，嵐解石雲收。旅館欣無事，憑高坐驛樓。

## 宿富民

石徑清泥滑，盤桓到富民。田腴禾長茂，樹密鳥過頻。野曠無煩暑，庭幽絶俗塵。山溪初過雨，新水忽平津。

## 次邵甸

客懷惟自適，矯首對南山。牧馬平原上，啼鵑深竹間。年來塵事少，老去道心閑。明日之何處，吟詩興未闌。

## 癸卯歲夏日，遊法界寺宿僧房

古寺多幽致，來遊心自閑。香清聞竹徑，定起出松關。洗鉢臨長澗，開窗對遠山。林泉予所愛，他日更躋攀。

## 宿官莊

嚮晚宿官莊，娱懷思更長。雨多珍簟潤，風細葛巾凉。石鼎聯詩好，荷筒吸酒香。興來隨所寓，不必論清狂。

## 九日

客裏逢重九，還來對菊花。新詩端可賦，美酒不須賒。曠達思陶令，風流憶孟嘉。茱萸聊暫佩，此際樂無涯。

## 寄陳大參二首

别來已逾月，相憶最情深。雲巘開新障，松泉奏古琴。徜徉塵外跡，淡泊静中心。想見談禪罷，開窗對遠岑。

## 又

滇城相别後，不覺又秋初。學佛參求切，寄人音問疏。露籬啼絡緯，風沼落芙蕖。遥想禪窗下，焚香閲道書。

### 寄張參議

別後情何似，知君樂趣多。清風鳴緑綺，夜月醉金波。野霽千山出，天空一雁過。相思坐孤館，得句自吟哦。

### 寓七甸

積雨霽新秋，風凉暑氣收。人家依故壘，禾稼滿平疇。歸鳥翩翩去，清泉滴滴流。村居隨所樂，對景豁吟眸。

### 寄徐憲副二首

南中冬日暖，天氣似初春。野圃梅先白，江堤柳欲新。夷氓咸按堵，邊徼静無塵。烏府多清暇，吟詩莫厭頻。

### 又

述職歸來日，同歡又幾回。寒餘林下雪，春到水邊梅。美政敷薇省，清風藹柏臺。公餘饒逸興，隨意酌金罍。

# 素軒集卷之六

## 七言律詩

### 秋夜雨

自入秋來景物清，空階點點夢難成。邊城駐馬經三月，單枕思親恰二更。滴碎芭蕉添客況，凋殘梧葉和蛩聲。明朝天霽登樓處，游子瞻雲萬里情。

### 次江川驛

匆匆又過重陽節，正值荒郊雨霽天。馬踏青泥過通海，人隨秋色到江川。西風落葉迷殘燒，夕照穿林帶暝烟。駐馬湖南重回首，臨岐無奈思茫然。

## 贈僧財大用

名山駐錫已多年，之子叢林夙有緣。信手拈花應獨悟，此身對月不須禪。蒼松鬱鬱千峰晚，翠竹深深一徑烟。幾度登臨適幽興，白雲深處煮清泉。

## 過晉寧有懷

昔陪旌節記晨征，策馬歸來又問程。郊外旌旗嚴戍邏，樓頭鼓角近山城。村村農事稱豐稔，處處夷歌頌太平。眼底豁然情景好，滿懷詩思不勝清。

## 和居掾史詩韻

聞道王師破虜營，壺漿簞食馬前迎。威名重見標銅柱，勛業終當著汗青。列戟横秋嚴作陣，銜枚入夜静無聲。黄江一帶川流赤，共説將軍已斬鯨。

十一月二十日夜，舟中夢老人索詩，余辭弗獲，遂吟：『瀟灑風流子，詩成動老顔。好看今古傳，都在笑談間。』二十字以答。既寤，猶能記憶，併賦一律以識

熟睡初鼾午夜過，偶隨行蟻上南柯。風流尚憶三生夢，瀟灑還成五字哦。卧聽洞簫來赤壁，起看明月度銀河。世間塵事應如此，獨對滄浪一嘯歌。

和逯先生詩韻

斗柄推遷已轉東，和風播暖萬方同。郊園芳草茸茸緑，欄檻新花灼灼紅。道學求從黄卷内，詩名出自錦囊中。閑聽燕語鶯聲巧，造化天然無限功。

和立恒中詩韻

參透玄關得悟深，還從湖海會朋簪。三生已覺安禪意，一世唯能養道心。歌句成詩追古作，遊方到處動高吟。佳章此日來呈我，亭館春風散梵音。

## 和光古逯先生韻

年年奉使在天涯，每感兄恩倍有加。象管並揮看醉草，燕居聯坐啜清茶。詩當興發頻相和，酒即呼來不用賒。乘興闌干頻徙倚，長空落日數歸鴉。

## 和范先生詩韻

冬來三丈日初高，小酌軒庭列俊髦。犀筯翠盤嘗玉鱠，銀臺絳燭爇蘭膏。清香酒泛多醇酎，鮮美殽陳雜巨鳌。飲興既濃懽轉好，詩成濡墨一揮毫。

## 紀夢

一別神京又半年，華胥忽復喜朝天。如隨仙仗趨青瑣，似逐東風覲紫烟。萬里赤心懷玉笋，幾回清夜憶金蓮。曉來亭館渾依舊，自信忠誠達御前。

## 冬至

滿前生意漸回陽，化日無邊始覺長。萬里民心懷帝澤，三冬和氣異江鄉。埙篪迭奏情還叶，雲物呈祥喜可望。況值太平今有象，誰言歲暮景荒凉。

## 和曾翰林詩韻

奉詔從征老大夫，光輝文苑一鴻儒。南來籌策能平越，東去聲名尚在吳。馬頭山水成新句，筆底風雲入壯圖。掃盡妖氛歸奏凱，天顔有喜聽俞都。

## 題翁行人山行會覽圖

平生汗漫窮遊覽，行紀詩篇滿錦囊。下界萬方瞻使節，中天一道動星光。深仁正運德威廣，殫職何論山水長。羡子懸弧今遂志，姓名藉藉永傳揚。

## 和慎獨齋薔薇詩韻

緑葉參差結翠屏，春深開放近閑亭。芳叢帶露依朱户，艷色籠烟映碧櫺。可愛鮮明堆錦綉，尤疑羅綺集軒庭。詩篇賦就同吟賞，爛醉花前不欲醒。

## 送周憲使還京

送別匆匆惜解攜，滇陽城下柳垂堤。風霜嚴肅威無及，山水經行句可題。僰道雨收催去騎，荒村曉發聽鳴雞。還京喜有殊恩澤，重見宣麻降紫泥。

## 冬日有懷

風飄落葉滿疏籬，緩步階前有所思。塞上不聞傳雁字，檐間惟見結蛛絲。句奇自許追靈運，書妙尤當繼獻之。歲月交馳駒過隙，乘閑走筆賦新詞。

## 秋日書齋

大火西流氣始清，風飈蕭瑟送商聲。高低黍稷連平壟，慘淡烟霞覆故營。静裏工詩多得趣，閑中觀奕稍娱情。庭前喜有丹楓樹，尚帶寒蟬嘒嘒鳴。

## 和李文秀中秋昭靈觀對月

玉宇涵秋月已圓，琳宫縹緲映青天。眈眈虎豹嚴真籞，燦燦星辰照法筵。萬頃玻璃浮素彩，九霄環珮下瓊仙。莫將佳節成虛度，一別清光又一年。

## 和李文秀秋夜言懷

月華泛灧碧雲天，静聽清商夜不眠。雁陣已無過塞上，蛩聲猶有在庭邊。微將詩思消離思，不被名牽與利牽。喜得今年豐稔好，離離禾稼滿平川。

## 題嵐光秋曉圖二首

月色西沉天欲曙，青烟散盡紫烟收。空中嵐翠開還合，筆底風雲動若流。幻出琳宫何縹緲，積成元氣自沉浮。詩情會入無窮景，渺渺長江萬里秋。

## 又

群峰遥際泬寥天，曙色初回破暝烟。幽谷未聞樵斧響，隔林如聽寺鐘傳。纔無水鶴栖松上，稍有山猿下澗邊。空翠嵐光真可挹，濡毫一掃就長篇。

## 喜雪

六出紛飛遍石城，俄然亂撲到檐楹。漫空柳絮悠悠遠，拂檻梅花點點輕。酒力漸回金帳暖，茶烟微颺綉簾清。呈祥已見豐年兆，正好題詩適此情。

## 踏青

一帶春山濃似畫，村村花柳媚韶光。雙飛燕子引雛緩，百囀鶯兒求友忙。麥壟雨收添秀色，芹池風起散餘香。垂鞭信馬歸來晚，吟得新詩滿錦囊。

## 宿江川驛漫興

歸思匆匆棘道行，山頭遥見月華明。雞聲達旦辭孤驛，馬首衝寒過古城。異域總需新教化，夷民多易舊心情。江川驛裏懷人處，好使鱗鴻寄遠聲。

## 冬日偶成

天涯客處動深思，暖日舒長好咏詩。柳眼將看開北岸，梅腮已見綻南枝。人間清事誰能畢，鏡裏朱顔獨未衰。自愧爲官無補報，恩波常沐鳳凰池。

## 和車軒先生歲暮即事

冬氣微温最可人，儒冠偏稱老閑身。一年欲盡催殘臘，萬物將萌近早春。竹徑風來清影動，山溪雪霽碧波新。欣知逯子言無諂，耿耿情懷不厭貧。

## 立春日偶成

綵勝迎春又一年，晴光靄靄映長天。輕紅初破花容嫩，淺緑遥回草色鮮。門上題詩更舊帖，庭中鑽火起新烟。明朝有約城南去，定賞芳菲滿馬前。

## 和車軒先生述事言懷

退食書齋臨草行，俄驚窗外鳥催耕。閑花開落殊無意，流水縈迴似有情。但願樽前常宴客，更期邊上罷徵兵。自言謭薄難賡和，羡子能詩已得名。

## 和江樓晴望韻

旭日初昇海宇晴，江樓聊上適閑情。林端喚起幽禽小，波面飛來白鳥輕。山色遥連嘉樹碧，水光斜映落霞明。隔溪窈窕誰家女，歌徹還聞有越聲。

## 夜中聽雨

夢回忽聽天零雨，睡足尤欣枕簟清。潦水新添深幾尺，譙樓不覺已三更。涓涓不斷檐前溜，滴滴空餘葉上聲。却算落來非甲子，可知今歲必秋成。

## 賦梅花

㚐地冬深初雪霽，梅花又放向南枝。青青松竹應同操，白白冰霜可共時。溪上折來曾立久，山中看處每歸遲。暗香端使逋仙愛，我亦臨風爲賦詩。

## 和周草庭詩韻

先生早已脱塵羈，遠地安栖事事奇。階下藥苗春盎盎，庭前葵萼日遲遲。從容道意誰能比，蘊藉詩篇我獨知。何日移居滇海上，宴遊當效習家池。

## 過呈貢縣

深冬僰地似春時，堤上驚看柳䙚絲。陽氣漸回冰雪候，東風吹綻杏桃姿。白鷗泛泛明沙渚，黄鳥關關在樹枝。自愧青年才薄劣，功名當可效囊錐。

## 松間閑望

松間坐久生清思，豁目遥看水接天。灧灧波光雙塔外，蒼蒼樹色五華前。吟餘轉覺詩懷好，興動還憐景物鮮。把筆長歌歸去晚，何妨紅日下山邊。

## 和僧中庭詩韻

作祖相傳自嶺南，講經曾見墜優曇。心中要解無生法，静裏須將活句參。一經松風吹客鬢，滿山雲氣翳精藍。上人清致如齊己，索我新詩寫草庵。

## 惠楊先生酒詩

新釀初開滿座香，傾來有色嫩鵝黄。醅浮碧椀翻瓊液，光拂金樽訝蔗漿。細酌每添詩句好，謾傾端使客懷忘。知君爲此耽佳趣，阮籍高風孰可當。

## 和萬松老樵喜雨詩韻

太虛一夕風雲起，吹入南州作雨聲。打葉轉添詩思好，隨風時遣客懷驚。漫漫江上鷗鳧浴，處處田中禾黍生。總爲征人深解愠，瘴烟消盡樂時清。

## 雨過

雨過青山分外鮮，連堤芳草碧芊芊。胸中煩思俱消却，眼底清光始豁然。泛泛漁舟投遠浦，欣欣農事滿平川。攜樽欲向山莊去，好看飛來百尺泉。

## 陪御史鄒公遊慧光寺

繡衣御史肅秋霜，約我清遊到上方。佛法安心惟一語，儒書明德耿三光。浮空綠水門前灔，妙色青蓮沼内香。今日偶陪華旆入，禪機俗慮自能忘。

## 前以詩贈別朱寅仲矣，餘興未盡，更題五韻

吾友來時春正濃，於今别意又從容。千章夏木溪邊路，一榻清風石上松。曉度山城雲晻靄，暮栖江館月朦朧。明朝此際知何處，更盡樽前酒滿鐘。

## 公餘清興

緑槐深院雨晴初，坐納南薰暑氣無。最喜笑談非俗客，深知講學得名儒。榴花噴火當窗發，荷葉生香貼水鋪。自是公餘清興動，何妨邀友倒金壺。

## 和逯先生滇南旅思

南來歲月屢遷更，長夏惟欣暑氣清。滿院槐陰遮地暗，一株榴火透窗明。雲南自昔矜强梗，交阯如今息戰争。愧我才疏任方伯，勉將善政治群生。

## 和車軒山行韻

山行數里造華宫，景物清幽迥不同。惟愛鳥啼松竹裏，如看人在畫圖中。柴門閴寂莓苔長，

石澗縈迴道路通。覽此勃然生感慨，謝公佳趣亦難窮。

## 和車軒歲事可卜

蕭蕭夜雨晝還晴，歲事應知大有成。湖上放舟凝望眼，齋中拾句述閑情。離離禾黍欣看秀，處處田疇已罷耕。自此豐登年可待，歌謡滿路遂民生。

## 六月廿五日夜火節

今宵已不禁嚴城，火炬高然萬點明。節令遺風惟六詔，笙歌滿路近三更。兒童踴躍欣懷抱，父老懽娱極事情。處此遐方隨異俗，開筵砍鱠酒頻傾。

## 和逯先生野望

裊素疏烟起碧山，凝眸遥望可開顔。村前夕照下林杪，雨後亂蟬號樹間。泛泛漁舟投遠浦，翩翩仙鶴立清灣。凉風吹鬢憑闌久，自喜吟詩剩得閑。

## 和逯先生遣懷韻

節序推遷感物華，閑中光景自然嘉。清風江上凋蒲葉，白露籬邊浥菊花。雁度長空聲自切，人過古渡路還賒。情懷此際那能遣，緩步微吟向水涯。

## 和逯先生中秋韻

木間風氣漸颼飀，明月當軒憶壯遊。皎潔長天流素魄，推遷佳節值高秋。吟餘憶訪謝公宅，醉後思登王粲樓。樂此浩然情爛熳，何須騎鶴上揚州。

## 和李文秀菊圃韻

滇南九日列壺觴，新酒如鵝泛嫩黄。院内名芳皆落葉，籬邊佳菊却生香。清姿可愛初經雨，正色曾知獨傲霜。賞此忽思陶靖節，於今遺跡對斜陽。

## 和慎獨齋九日詩

此日開筵酌巨觴，黄花端不負重陽。人生行樂非無地，客裏交游是異方。萬里思親懷舊宅，一身對菊裛清香。莫辭爛醉酬佳節，得句高歌自可狂。

## 和慎獨齋秋扇韻

新裁團扇且停摇，爲見庭前木葉飄。當夏已曾除酷暑，經秋不用引清飈。謝安身逝仁風在，曹植名存翰墨消。賦得詩章置閑處，明年仍復寫紅蕉。

## 秋陰

晻靄秋空不肯晴，輕烟漠漠暗江城。籬邊有菊呈佳色，樹上無禽囀好聲。静坐高齋披古典，閑行野圃散幽情。當窗惟愛蕭蕭竹，風動時聞戛玉鳴。

## 秋日即事

八月邊陲秋已分，行看江郭帶寒雲。高低壠稻經霜熟，斷續村砧向夜聞。風爽桂香飄冉冉，山空松子落紛紛。憑闌滿眼蕭條意，却喜吟詩思不群。

## 和車軒重九韻

滇南佳節逢重九，可愛東籬菊正開。滿眼秋光隨處有，一天雨氣送寒來。雲邊雁陣遥空度，樹裏猿聲落日哀。對此未能吟好句，且將樽酒慰高才。

## 九日書懷

三載居官寓異鄉，喜親禄養在高堂。江楓葉帶秋光老，籬菊花開晚節香。旅雁叫霜投遠浦，詩人把酒賞重陽。誰能放浪如陶令，也得名流百世芳。

## 送姚大參分得『碧雞秋色』

鄯闡名山有碧雞，群峰羅列勢高低。經霜紅樹溪邊見，落日清猿嶺外啼。祖席具陳情繾綣，新詩纔賦意凄迷。臨岐送子那堪别，去路悠悠任馬嘶。

## 和平先生茶詩

憶採金芽傍禁烟，喫時曾悟趙州禪。封題信是投滇海，涉歷仍知過蜀川。滿瀉碧甌餘醉後，頻煎石鼎小窗前。何時握手聯新句，共試天邊玉兔泉。

## 冬日咏懷

凛凛朔風吹遠林，天寒惟愛酒杯深。霜晴楓樹多紅葉，月冷梅稍有翠禽。學業定應三載足，功名寧畏二毛侵。於今年富加存省，報國攄忠愜素心。

## 和汪御史遊太華寺韻

來遊寶地景偏嘉，立教無非總一家。已見諷經翻貝頁，曾聞説法雨天花。風清湖水明如鏡，地暖山櫻燦若霞。繡節遥臨多有興，園林無處不光華。

## 元日

節序推遷換物華，將看東作動農家。天開泰運民同樂，氣轉洪鈞景自嘉。膏雨潤舒堤上柳，暖風吹綻樹頭花。今朝卜歲知宜穀，暢飲何妨到日斜。

## 遊寺贈僧中庭

遊罷諸山到此間，天晴嵐氣散禪關。和風吹遍園花綻，膏雨滋餘徑竹斑。蘿屋香消僧入定，松壇影動鶴飛還。平公果有林泉趣，贏得高情盡日閑。

## 和龔僉憲詩韻

羨子文才出孔門，姓名藉藉播奇芬。燈窗已足三冬業，雲錦俱成五色紋。不減班超通絶域，曾期馬援立殊勛。近來風紀公能振，凛凛霜威遠近聞。

## 贈僧玉峰

幾度登臨訪玉峰，祇園還與昔時同。窗前翠竹千竿立，石上清泉一派通。好雨滋花開小圃，和風吹絮舞長空。閑房煮茗消塵慮，援筆題詩興更濃。

## 首夏雨餘

昨夜炎蒸不可當，曉來一雨即清凉。田中喜見新秧緑，壠上應知小麥黄。桑柘有陰鳴布谷，汀洲無浪浴鴛鴦。吟詩爲愛時光好，兼得清新興味長。

## 喜雨

大地欣霑雨一犁，滿田禾稼緑初齊。枝頭梅子纍纍熟，葉底鶯兒恰恰啼。遊客且欣醒俗眼，詩人正可覓新題。山城偶得無餘事，細酌何妨到日西。

## 送朱寅仲回臨安

南郡炎蒸雨乍晴，呼童具酒送人行。分襟古道踟躕意，折柳長亭繾綣情。倦聽猿聲林上斷，欣看山色眼中明。今宵旅宿知何處，應自高歌對短檠。

## 和范先生書齋對雨韻

一雨蠲消暑氣蒸，赤雲寧得易飛騰。窗前静愛纖塵絶，渠内尤欣積水澄。密密灑來還入竹，蕭蕭聽處更挑燈。此回山館渾無寐，轉覺凄凉客况增。

## 宿龍泉道院

道院孤高倚碧岑，龍湫瀚漫更清深。苔階不見鳥遺跡，竹徑還聞蟬送音。童子有時來引鶴，高人終日坐彈琴。從容自倚闌干望，秋色滿林清我心。

## 和平先生寄來詩韻

詩句傳來妙入神，調高猶得繼陽春。唯應幕下同心友，能念天涯萬里身。久慕先生深造道，已聞佳婿遂聯姻。明年果有旋歸意，暢飲高歌忘主賓。

## 遊盤龍寺

萬松深處盤龍寺，寶地清幽遠市塵。竹影窗前摇夜月，梅花雪後報初春。瑶琴理罷心逾静，藻句吟來趣更新。何日卜居近岩壑，焚香煮茗樂天真。

## 和郭文河間鋪道中

朝來信馬過溪沙，民物熙熙景更嘉。一路尋詩耽野趣，孤村酌酒對梅花。穿雲偶到山中寺，隔水遥聞塞上笳。萬里相看頭總白，客行不覺度年華。

## 和徐憲副韻二首

羨君才德最清純，萬里相逢意便親。刻燭每聯詩句好，盍簪莫厭酒杯頻。杏花疏雨邊城曉，楊柳東風廨宇春。顧我論交何太晚，驚看白髮鏡中新。

## 又

公館無塵蔭古槐，星軺遠自日邊來。成均久已馳芳譽，憲府於今得俊才。凜凜風霜清絕域，熙熙民物藹春臺。寄來總是驚人句，韻險還須着意裁。

## 寄朱孟端

獨坐空齋閲舊書，悠然樂趣更何如。連朝小雨苔痕緑，一徑清風竹影疏。對奕頗能消暇日，守官未得卜閑居。遥思建水朱文學，别後俄驚兩月餘。

## 次陳大參韻

禪房清浄坐蒲團，却喜山中具四難。月上小窗林影散，風來曲澗水聲寒。爐焚柏子烟初裊，漏滴蓮花夜未殘。暫息喧囂無一事，開樽聊慰客懷寬。

## 送胡樸軒還永昌

有客乘驂過洱西，平原春草正萋萋。人烟迢遞連金齒，山勢逶迤拱碧雞。流水小橋楊柳緑，落花微雨鷓鴣啼。遥知别後相思處，雲樹蒼茫夢欲迷。

## 和徐憲副出巡金滄

西巡四牡去騑騑，水色山光映繡衣。棘道宵征明候火，榆城曉入肅霜威。詩留藻句期重會，酒盡銀瓶惜暫違。當代惟公存古道，倍令烏府有光輝。

## 和徐憲副寄來詩韻

雨歇蒼山凉思生，公餘偏動友朋情。題詩寄我才何俊，聽訟猶人理更明。秋滿書軒丹桂吐，夜深官舍亂蛩鳴。歸期準擬重陽節，花燦東籬菊正榮。

## 次徐憲副韻

停雲幾度憶風流，炎夏相違又早秋。荒館亂蛩添客思，芳樽美醞解離憂。慚予菲薄無多學，羡子從容有遠謀。九日登高期共賞，龍山清興未能休。

## 送蹇廉使考滿

煌煌繡節出滇城，憲使嚴裝上帝京。水落渝川舟楫穩，霜晴僰道馬蹄輕。天官考最功勛著，烏府持衡法令平。愧我相看俱白首，臨岐杯酒不勝情。

## 和陳大參途中八咏

四牡騑騑又遠行，山城到處悉清寧。觀風問俗知民化，把酒吟詩對月明。纔見耕耘事東作，俄看刈穫報西成。年來邊徼無烽候，擊壤謳歌頌太平。

## 又

泉流石澗玉珊珊，曉度官橋客袂寒。山映野亭雲乍斂，馬行僰道雨初乾。嶺梅帶雪花偏早，溪樹經霜葉半殘。無限好懷吟不盡，且將樽酒樂餘閑。

又

曉起山城鼓角鳴，嚴裝又復趣修程。天低遠樹平原迥，風順長空一雁横。幸際夷民歸化日，喜聞茅屋讀書聲。途中景况應無限，正好吟詩信馬行。

又

殊方遍歷豈辭難，到處從容一解鞍。官舍裁詩聊自咏，梅村即景共誰看。雲開迥野山重叠，雨歇平湖水淼漫。遐邇夷民咸樂業，公餘適興操猗蘭。

又

不見先生兩月餘，別時風景已蕭疏。寄詩有客傳芳札，載酒無人並小車。楓樹江村霜落後，梅花山寺雪晴初。相思兩地情何極，王事驅馳歷遠途。

又

別後俄驚節序過，秋深情况近如何。胸中豪氣知猶在，囊裏新詩相更多。對景舒懷應放曠，及時行樂莫蹉跎。羡君忠孝誰能似，公退常聞誦蓼莪。

又

文旆旬宣駐點蒼，才華政事總優長。夷氓有幸霑清化，烽候無驚在豫防。雪後青山開霽色，馬頭新旭散烟光。他時歸老林泉下，不愧裴公緑野堂。

又

殊方冬暖似初春，對景悠然憶故人。目斷孤雲歸遠岫，心隨飛雁度蒼旻。旋沽村酒那能醉，屢寄佳章不厭頻。歲月催人容易老，數莖白髮鬢邊新。

和陳大參冬興四首

山川摇落值隆冬，風景應知處處同。啜茗圍爐情自樂，尋梅踏雪興無窮。一陽來復循環理，萬物亨通造化工。擬待春光滿湖上，黄鸝聲裏笑掀篷。

又

旌旆西行忽數旬，登山臨水肯辭頻。梅花院落初晴雪，竹色軒窗迥絶塵。新酒盈樽傾玉液，清琴一曲理陽春。遥知此際多佳興，謾賦新詩寄遠人。

又

岷山迢遞接崆峒，風景無邊又暮冬。雪霽群峰開迥野，風清一鶴唳高松。書來遠道情無限，樓倚殘陽思更濃。征旆遥遥渺何許，嶺雲江樹幾千重。

## 又

南詔冬深不覺寒，客懷詩思兩瀰漫。乘閑剩得遊山樂，爲政方知行路難。遠水天邊飛一雁，夕陽江上聳層巒。多君寄我新詩句，醉墨淋漓尚未乾。

# 素軒集卷之七

## 七言律詩

### 遊羅漢寺泛舟而去

湖上凉生值早秋，偶陪佳客共遨遊。一簾山色雨初過，滿耳松風嵐未收。絶勝謝公乘短屐，何殊蘇子泛扁舟。狂歌迴出漁樵唱，歸路題詩興自幽。

### 悼逯先生

零落遐荒逾二紀，衰年倐爾值顛連。經書手澤傳三世，兄弟萍流各一天。鏡裏容顏誰復睹，階前花卉自争妍。於今失却論文友，盡日齋居思愴然。

### 初冬即事

南中忽復又初冬，山郭蕭條喜罷農。旅雁横空聲肅肅，流泉落澗水溶溶。烟光向日晴飛竹，露氣凝寒夜滴松。坐向小窗欣野趣，悠悠何處動雲舂。

### 寄平先生

二月滇南春日長，梨花園上好風光。新鶯出谷聲初滑，輕燕銜泥吻正香。酒灔華觴思曠達，詩成藻句憶清狂。斯遊正爾攄懷切，可得相逢在此鄉。

### 三月三日遊禪刹

携客遨遊上巳時，開樽仍對好花枝。閑中已覺風光换，醉裏從教鬢髮垂。乳燕入簾還箇箇，晴楊近水自絲絲。吟餘便欲乘歸興，更有山僧索賦詩。

## 和勛上人詩韻

日長山寺掩柴關，時有高人獨往還。飛錫每從雲嶼外，翻經多在竹林間。有懷不惜詩頻寄，後會寧知月幾彎。何日放舟滇海上，舵樓吟對碧雞山。

## 憶遊太華寺

朱明節候將過半，何日移舟造上方。夜静蘿窗松月白，曉晴山徑竹風凉。三乘解得還堪悟，萬慮能冥亦暫忘。欲擬妙峰庵上去，清溪近説石爲梁。

## 和李僉憲韻

門前車馬絶紛譁，全似山中宰相家。已見文名誇海内，况承交誼在天涯。階墀雨後生芳草，庭院春深擁落花。飽學漫成詩律穩，無才屬和但長嗟。

## 泊忠州雲根驛

江流如箭到雲根，近水人家半掩門。落木蕭蕭連斷岸，疏燈閃閃點孤村。沙邊舟子停蘭棹，竹裏行厨具酒樽。自起推篷欣雨霽，一鈎新月照黄昏。

## 次陳大參詩韻

蜀中風景異吾鄉，此去寧辭道路長。老樹冬來無落葉，荒園霜後有啼螿。黄牛峽迥開青嶂，白帝城高露粉墻。嚮晚泊舟閑適處，雙雙白鳥自飛翔。

## 泊瞿塘

路入巴江水渺茫，扁舟此日下瞿塘。雁飛天外行疏密，漁唱風前韻短長。兩岸蘆花飄白雪，一林楓葉醉清霜。晚來又向津頭泊，坐對青山倒玉觴。

## 泊馬家市

晚來月色滿江天，浪静沙邊好泊船。聲斷寒汀無雁陣，燈明古戍有人烟。留心黄卷詩三百，遣興清樽酒十千。良夜迢迢多樂事，悠然獨坐舵樓前。

## 姜家灣夜泊

楚天凉冷雁高飛，晚泊樓船近釣磯。洲畔已無蓴菜美，槎頭剩有鱖魚肥。波摇月影侵書幌，風送蘆花點客衣。更喜推篷閑坐久，謾吟詩句思依依。

## 泊漢口

十幅蒲帆事遠行，楚天空闊浪初平。雲開鸚鵡洲邊樹，日落漢陽江上城。三尺瑶琴延逸興，一樽緑醑寫幽情。水光山色渾如舊，閑倚篷窗對晚晴。

## 過潯陽

畫船檛鼓過潯陽，霧氣漫空水路長。鴻雁數聲來遠浦，蒹葭兩岸老清霜。匡廬山色迷蒼翠，彭澤人烟接渺茫。遥見海門明月上，彭郎磯北駝危檣。

## 泊小孤山次陳大參韻

孤舟晚泊釣魚磯，烟景蒼茫客思迷。石出又看潮落後，江空正遇月來時。青山不改千年色，白髮新添兩鬢絲。獨倚舵樓閑眺處，波光晴漾碧琉璃。

**安慶阻風次陳大參韻**

三日江頭起北風，金陵歸客不懸篷。聯翩雁起長汀上，遠近山横夕照中。木落千林聲瑟瑟，潮平兩岸水瀰瀰。船頭獨坐閑吟久，天外殘霞幾縷紅。

**楊灣逢殷方伯**

冬晴江水碧於苔，方伯喜從天上來。烟暖尚留堤柳緑，霜清未着野梅開。驚看白雪侵雙鬢，笑對青山醉一杯。此地相逢又相别，月明怕聽斷猿哀。

**秋浦阻風，題梁昭明太子廟**

北風捲浪阻行舟，吊古閑來秋浦遊。一代賢才留姓字，千年廟貌在林丘。碑文剥落莓苔厚，香火蕭條草樹稠。試爲題詩慰精爽，夕陽江上思夷猶。

## 二月十二日發北京

奉命南旋出帝京，東郊餞別盡簪纓。錦韉玉勒沙堤馬，麗日和風上苑鶯。柳暗津亭陳祖席，花明官路指歸程。離歌莫奏陽關曲，握手無言奈此情。

## 行次臨清喜晴有感

一夜風雷雨若傾，曉晴歸棹到臨清。籠烟弱柳垂新緑，應候幽禽弄巧聲。萬里邊隅宣治化，九重天上被恩榮。自慚白髮深無補，願效勤勞答聖明。

## 沙河道中

孤艇摇摇過濟寧，雨微雲淡近清明。杏花紅映山前驛，芳草青連水外城。土地肥饒宜播種，民風淳樸務耘耕。掀篷記得尋詩處，楊柳枝頭百囀鶯。

## 登金山寺

誰得黄金闢此山，偶因暇日一躋攀。雲生石洞龍將出，月滿松巢鶴未還。水色春晴明客袂，潮聲夜静到禪關。天開圖畫真奇絶，擬借烟霞屋半間。

## 舟中漫興

沅湘翠巘鬱嵯峨，遠客乘舟興若何。雨歇海天虹影見，風生洲渚浪聲多。詩篇老去音方叶，杯酌深來臉易酡。顧我幾回經此地，依然斜日照松蘿。

## 過明月圍

怪石横江叠翠岑，葱蘢佳木落繁陰。水行未免欹斜累，陸涉寧忘去住心。沿路不逢青眼客，浩歌長發白頭吟。當時謝傅如過此，應是登臨感慨深。

## 白溶道中

舟過沅湘六月中，巫山巴峽迥相同。萬年枝古叢叢緑，百日花開穗穗紅。石瀨奔流昨夜雨，居民按堵昔時風。推篷自適途中趣，惟見林巒倚碧空。

## 泊九磯灘

三夕維舟近激流，灘聲惱客幾時休。蟾光皎皎明霄漢，螢火星星過舵樓。坐對青山開美醞，俯觀流水豁吟眸。那堪聒耳殘蟬在，鼓弄繁聲滿樹頭。

## 春日樣備驛偶成

旅館棲遲饒逸興，餘寒猶未試輕羅。松林雨過茯苓長，谷口香生蘭草多。沽酒味醇誰共酌，新詩調古自堪歌。殘紅滿地春將暮，瞬息光陰可奈何。

## 遊太華寺

千章夏木鬱葱葱，禪室應如罨畫中。滿耳泉聲經宿雨，一簾爽氣藉薰風。齋分香積僧初飯，茗瀹清泉客屢逢。羨此深幽遠凡俗，自嗟塵事杳難同。

## 寄平松雨

江館分携一載餘，相思曾寄八行書。應知故里違高隱，信是公門好曳裾。忽見寒梅開野徑，又聞征雁度郊墟。凭欄翹首看雲樹，緬想交情肯易初。

## 壽菊莊袁先生

老翁鶴髮過稀年，降旦中秋幾日前。旨酒爲蘄金石壽，新詞聊贈錦雲箋。折來仙桂簪烏帽，分得蟠桃薦綺筵。詩禮傳家人共羡，好推所學迪群賢。

## 遊圓照寺

野寺開筵集俊髦，鈎簾又得對林皋。和風檻外吹輕燕，新雨溪邊濕小桃。彩筆昔曾揮藻句，芳樽今喜泛松醪。及時行樂隨旌旆，信馬歸來山月高。

## 奉陪太傅兄遊太華寺

勝日尋幽入太華，奉陪旌節興尤嘉。慈雲長護階前竹，法雨先開檻外花。百尺寒泉如瀉練，一杯春酒勝流霞。清時正爾堪行樂，不管風吹烏帽斜。

## 送朱紳

春深送客出滇城，明日趨裝宿晉寧。高柳緑延鶯語滑，落花紅趁馬蹄輕。芳樽載酒情尤重，彩筆題詩句更清。羡子優游崇道誼，瀘江誰共濯塵纓。

## 無題

晚來寓目雕檐外，景物偏多夕照中。坐愛薰風吹短髮，静看靈雨過長空。緣階草色茸茸緑，拂檻花枝娜娜紅。自道無題詩句好，清新情思與誰同。

## 贈試官二首

聖朝一統主華夷，又值滇南較藝時。濟濟青衿攄抱負，雍雍絳帳肅威儀。棘圍終試嚴金鎖，桂院餘閑泛玉巵。獨羡諸公皆老學，能文復喜又能詩。

## 又

試院秋高露氣凉，奎星燦燦燭文光。青燈夜對應忘寐，黄卷朝披孰擅場。月下疏桐時轉影，風前老桂細飄香。佇看撤棘多清暇，會與幽談舉一觴。

## 贈陳、楊二御史

煒煒文星拱少微，芳名赫奕振秋闈。凉風細細吹丹桂，明月團團照繡衣。取士應知懸藻鑑，論文已見唾珠璣。今宵正遇中秋節，莫惜開樽對素輝。

## 送劉少參之京

霏微小雨近重陽，有客之京曉促裝。去騎翩翩秋色遠，離樽灩灩菊花香。陳雷交誼誰能及，李杜才華孰可當。折柳贈君添别况，新裁詩句興偏長。

## 和劉大參

南國地饒香秫米，釀成新酒色如金。傾來玉斝光偏好，分向薇垣意更深。每欲花間期盡醉，幾番席上助清吟。知均〔一〕雅有陳雷誼，老我應能愜素心。

【校記】

〔一〕『均』，疑爲『君』。

## 梅花詩寄劉大參

滇南地暖春回早，溪路梅花雪後芳。照水清奇横瘦影，臨風瀟灑弄新妝。還期載酒西湖畔，欲擬吟詩東閣傍。謾策短笻看未已，折來應可寄劉郎。

## 和易門人韻

融融和氣已春回，化日舒長泰運開。恩詔遠從天上至，使星今喜日邊來。夷民安輯遵明教，海宇清寧絶點埃。寄我佳章殊俊逸，知均〔一〕應是不凡才。

【校記】

〔一〕『均』，疑爲『君』。

## 戊申年元日

四序推遷暖律回，滿前生意逐春來。東風漸緑隋堤柳，香雪先飄庾嶺梅。願秉丹心調玉燭，何妨柏酒酌金罍。自知老大應無補，懷抱疏慵愧楚材。

## 寄姚布政

記得金臺話别時，每看雲樹動遐思。十年惠愛民尤慕，萬里朋情我獨知。畫省尚留芳譽在，鹿門當與故人期。南中又見梅花發，寄遠聊題四韻詩。

## 奉陪兄總戎遊笻竹寺

元戎行樂值芳春，風日融和淑景新。旆影飄飄來古寺，馬蹄蹀躞過平津。金杯滿飲花前酒，錦瑟偏驚席上人。喜得追陪共清賞，宜時歡會莫辭頻。

## 金馬朝陽

群峰羅列郡城東，旭景蒼凉紫翠重。柳暗津亭收宿雨，花開驛路妥晴虹。紛紛黛色連青野，泛泛祟光障碧空。漢使當年曾望祭，令人千載仰高風。

## 碧雞秋色

泬寥天氣夕陽西，水際奇峰峙碧雞。萬朵芙蓉天外立，幾雙鷗鳥望中迷。嵐光縹緲開還合，樹影參差高復低。縱有丹青難點染，霏霏拂拂隱招堤。

## 玉案晴嵐

滇水西頭玉案山，晴嵐深鎖緑雲鬟。依稀忽見金銀寺，仿佛疑登虎豹關。拄笏詩成空翠裏，停驂人在畫圖間。何時買得登山屐，載酒携朋好共攀。

## 滇池夜月

滇池風静浪初平，凉月團團露氣清。萬頃滄波殊浩蕩，一輪素魄自澄明。推篷遥見山河影，倚棹無聞鐘鼓聲。我欲乘飇訪仙子，不知何處是蓬瀛。

## 螺山積翠

雨洗林巒濕未收，螺峰萬叠翠盈眸。松林偃蹇晴嵐合，苔壁巍峨薄靄浮。不用尋幽探禹穴，何須濟勝訪丹丘。平生性僻耽山水，布韈青鞋始一遊。

## 龍池躍金

澄潭湛湛碧千尋，靈物蜿蜒歲月深。俯瞰波光醒醉眼，静聽泉韻滌塵心。牽風寒藻如翻翠，鼓浪鮮鱗似躍金。對此偶然生逸興，謾題新句坐松陰。

## 官渡漁燈

薄暮津頭靄暝烟，孤燈初起捕魚船。星光水際明還滅，螢火沙邊斷復連。一曲滄浪隨短棹，數聲欸乃隔長川。等閑識得烟波趣，好向蘆花深處眠。

## 商山樵唱

秋杪霜清落葉時，商山樵採每歸遲。擔頭挑月緣清澗，林下和烟調紫芝。聽徹悠揚三弄笛，觀餘今古一枰棋。昔時四皓知何處，我亦臨風爲賦詩。

## 和陳大參寄來詩韻

記得相逢話别時，每看雲樹輒思之。盍簪倍覺情懷洽，分手寧辭道路遲。處世自慚聞見少，居官肯爲鬢毛衰。龐公高興君能愜，莫負鹿門空有期。

## 和陳大參韻三首

殊方春晚尚餘寒，塵事紛紜又幾般。美酒花前仍小酌，殘書燈下每閑看。夷民遠格今從化，道路宵征豈憚難。翹首榆城如咫尺，新詩忽喜報平安。

## 又

風清爇道瘴烟收，駐馬邊城日逗遛。山色入簾醒醉眼，花枝當檻解人愁。謾横流水琴三弄，細啜先春茗一甌。緬憶淡交情思好，何時握手共登樓。

## 又

曉陟長途露氣清，落花啼鳥遍春城。不貪嗜慾忘遐想，僻好詩書信此生。旅寓久違滇海客，宦游常憶故園情。知君才思殊瀟灑，饋我雙魚到永平。

## 見寄

榆城春色近如何，孤館終朝思更多。滿地殘紅委塵土，一林新緑蔭池波。金杯滿泛清香酒，皓齒頻傳白雪歌。聞道故人歸興迫，好酹風景莫蹉跎。

### 和陳大參韻

晚來有約共登樓，望裏雲開見趙州。萬點殘紅隨澗水，幾多歸鳥集林丘。尋常酒債輸工部，典雅詩篇媿日休。風景依稀民物阜，宦遊偶此更何愁。

### 送朱紳還臨安

執别休歌行路難，還携書劍向臨安。亂鶯芳樹東風晚，匹馬征途暮雨寒。一路看山應適興，何時聯句共爲歡。樽中有酒須當盡，芍藥花開春又闌。

### 過虎丘寺

不到名藍又幾年，禪房花開已蕭然。荒苔積翠無遊客，深竹啼紅有杜鵑。謾賦新詩題石上，聊將魯酒倒岩前。歸來信馬長林下，嵐氣侵衣月滿天。

### 送別賴憲副

烟霧蒼茫品甸城，客中送客若爲情。霜風驛路青驄健，曉日郊原繡節明。葉滿空山群木落，香飄孤館早梅清。柏臺如見徐夫子，爲我殷勤一寄聲。

### 遊感通寺寄徐憲副

石徑縈紆到感通，峰巒叠翠擁禪宫。凌寒澗竹千竿緑，映日山茶一樹紅。步屧長廊閑覓句，焚香静室坐談空。令人却憶徐夫子，清賞無由此日同。

### 次韻寄徐憲副

山程迢遞入荒陬，眺遠閑登江上樓。天際殘霞隨去鳥，溪邊落葉逐寒流。沽來濁酒同誰醉，吟就新詞謾自謳。折得梅花逢驛使，寄君聊爲一相酬。

### 立春日有懷，寄陳方伯

客邸俄驚斗指寅，洱西風景喜逢春。桃花向暖紅先露，楊柳含烟緑未匀。銀甕臘醅渾勝舊，雕盤生菜又嘗新。興來坐對蒼山雪，謾賦詩篇寄故人。

## 過大理迎恩橋

日照蒼山雪未消，東風吹我過河橋。青青生意催萱草，淡淡烟光着柳條。百種蠻夷連部落，萬年疆埸拱天朝。太平氣象人皆樂，遊覽寧辭道路遥。

## 寄徐憲副

客裏逢春獨坐時，幾回對酒動遐思。雲連遠岫書來少，月落空堂夢覺遲。溪上梅花飄白雪，陌頭楊柳嚲青絲。自憐唱和無才思，深愧先生又寄詩。

## 有懷

人生浮世似南柯，瞬息光陰可奈何。眼底青春忙裏過，鏡中白髮老來多。瑶琴弄月諧神品，石鼎烹茶却睡魔。二月山村寒尚在，客衣猶未試香羅。

## 元夜寄徐憲副

山村今夕逢元夜，坐對芳樽酌未能。謾聽蘆笙吹野調，高燒松炬作華燈。一園桃李春烟合，萬里雲霄霽月升。清興豁然渾不寐，吟詩端爲寄良朋。

## 寄居、阮二生

日暖風和二月天，郊原生意浩無邊。萋萋草色緑於染，灼灼花枝紅欲燃。流水人家飛社燕，空山客路怨啼鵑。柳營晝静無塵雜，獨坐焚香閲簡編。

## 雨中寄應方伯

一天涼雨正宜時，獨坐軒中有所思。籜解新篁森曲徑，萍開錦鯉躍芳池。緑樽細酌麻姑酒，烏几閑吟杜老詩。退食自公欣晝永，謾將清興寄相知。

## 題獅子山二首

重來武定訪名山，風景依然罨畫間。緑樹鶯啼僧出定，青天雲盡鶴飛還。因談石上三生話，剩得山中幾日閑。杖策尋詩遍岩壑，芒鞋踏破蘚痕斑。

## 又

一路尋幽興趣嘉，穿雲又到梵王家。緑垂檻外蕭蕭竹，紅落岩前點點花。絶頂僧房閑日月，半空佛閣倚烟霞。水光山色渾如舊，却笑年來鬢有華。

## 東郊早春

東郊信馬踏春輝，風物熙熙見化機。叠嶂層巒添秀麗，千紅萬紫競芳菲。林間好鳥綿蠻語，陌上遊人酩酊歸。自是南中天氣暖，未交二月試羅衣。

## 寄郭勛衛

端陽幾度共開筵，又是蕤賓五月天。嘒嘒新蟬鳴樹杪，飛飛乳燕舞簾前。蒲摇翠劍風中動，榴蔟紅巾雨後鮮。此日一樽成獨醉，空勞走筆賦詩篇。

## 送俞侍御

煌煌繡節出滇城，侍御趨朝上帝京。僰道山長驄馬健，黔江水闊鷁舟輕。題詩謾寫深交意，傾酒難分遠别情。奏對天顔殊有喜，會看進秩荷恩榮。

## 寄陳大參

一春養疾復何如，幾度微垣問起居。新竹過墻抽碧玉，圓荷貼水散青蚨。君臣藥性知公得，俊逸詩篇寄我疏。雨霽庭前生意滿，開窗静坐了殘書。

## 次春日遊螳川韻

清時行樂興偏饒，信馬東風客路遥。社燕定巢春語滑，山花着雨曉容嬌。酒因得趣醒還醉，詩爲陶情暮復朝。更喜温泉閑浴罷，坐看翠嶂倚層霄。

## 次陳大參寓笻竹韻二首

翠微深處古禪林，此地偏宜洗俗心。屋後好山青叠叠，庭前嘉樹緑沉沉。開樽細酌麻姑酒，適興閑調子賤琴。夜對短檠無一事，謾題詩句自長吟。

## 又

半榻孤燈獨坐時，柴扉深掩夜眠遲。好風凉覺來松杪，零雨清聞在竹枝。愧我一生空慕學，羨君六十已知非。兩間造化無窮妙，静裏探求足自知。

## 和陳大參寄來詩韻三首

文采風流老大夫，曾施經濟輔皇圖。守廉名譽稱當代，作賦才華擬子虛。清磬數聲來静院，閑雲一片度平湖。此中自得悠游樂，襟抱翛然俗慮無。

## 又

羨君清比玉壺冰，暫息塵緣伴老僧。古殿曉參三世佛，閑房夜對一龕燈。林間煮茗燒松葉，石上談禪問葛藤。寄我佳章深造妙，幾回酬唱愧無能。

## 又

遠釋塵紛思更清，寧無經濟慰蒼生。烟霞深處閑吟句，風雨兼旬不入城。方外有緣千慮息，山中無事一身輕。料應悟得先天理，静坐蒲團對月明。

## 次陳大參寓筇竹寄來詩韻

久爲文墨苦纏縈，暫向林間一散情。岩壑未應淹驥足，雲霄又擬奮鵬程。一庭竹色連苔色，滿院松聲和梵聲。老我亦耽山水樂，年來漸喜世緣輕。

## 和陳大參韻二首

古寺幽深一徑微，白雲長伴老僧歸。蓮花漏徹安禪後，柏子香清説偈時。壁上静觀摩詰畫，窗間閑咏少陵詩。塵緣盡向此中息，意味深長不易知。

## 又

祇園深處更清幽，閑看飛泉掛樹頭。優鉢花開馴鹿獻，頻婆果熟野猿偷。心閑自覺常無事，道在應知百不憂。見説郡城民訟簡，近來囹圄少羈囚。

## 和張參議寄陳大參詩韻二首

金銀佛寺迥無塵，地僻偏宜養性真。林下聽經仙鹿卧，階前得食野禽馴。琴書作伴消長日，風雨相違又浹旬。剩有詩篇頻寄我，清新格調過梁陳。

## 又

山深一徑入林微，松竹陰中静掩扉。空院日長啼鳥緩，閑階風定落花稀。吟邊説偈敷禪妙，静裏探玄見化機。正好明時膺大用，故園未可夢漁磯。

## 重宿和摩舊站

蕭條古驛重經過，野曠秋風客思多。衰草離離連戍邏，殘蟬嘒嘒咽庭柯。斷雲谷口樵人去，落日村邊牧豎歌。此地解鞍聊寓宿，詩成句法逼陰何。

## 懷賴憲副

憲副威名播遠方，持平政令肅冰霜。柏臺聽訟夷民服，驄馬觀風道路長。高嶺雪晴梅破玉，疏林霜重橘垂黃。聯鑣喜有陳夫子，正好論文泛酒觴。

# 素軒集卷之八

## 七言律詩

### 贈靖遠伯

奉命南征靖麓川，忠貞德望邁前賢。謀猷久著經綸志，節鉞兼持將相權。净掃邊塵開化日，又題勛業上凌烟。趨朝敷奏龍顔喜，定見殊恩下九天。

### 送丁都御史

煌煌繡節入遐荒，軍餉戎機總贊襄。惠澤及人敷化雨，威名到處凛秋霜。柳拖晴色河橋晚，花落東風驛路香。此去定膺新寵渥，五雲深處篷鴛行。

### 送徐侍郎

我愛南州徐孺子，高才碩德少人過。轉輪軍餉華勛著，贊畫戎機妙畧多。草色如烟明玉轡，柳花飛雪點香羅。一樽此際難爲别，後夜相思意若何。

### 有懷

獅子山中夙有因，重來風景屬殘春。落花片片妝苔砌，嘉樹陰陰隔世塵。禪榻卧雲憐老衲，吟窗見月憶高人。遥知别後多清興，坐聽流鶯得句新。

### 次摩泥

萬叠高山翠靄迷，行裝帶雨到摩泥。荒園秋老垂垂菊，孤店風寒喔喔鷄。喜遇故人談往事，謾將野景付新題。明朝準擬天開霽，驛路泥乾快馬蹄。

## 宿普市驛

四面青山積靄收，秋光晴映驛前樓。平疇晚稻離離熟，絶澗寒泉汩汩流。樹杪日斜歸倦鳥，沙邊人静下輕鷗。應知行路殊寥落，謾賦新詩散客愁。

## 樣備道中

路入龍關百里餘，幾回經此謾踟躕。飛泉一道懸幽壑，積雪千峰映碧虚。地暖梅花開野甸，林深松露濕衣裾。長亭駐馬多清興，吟得新詩竹上書。

## 梅花

冬深衆卉皆摇落，獨有梅花滿眼新。北苑凌寒迎瑞雪，南枝向暖報先春。肯隨桃李争顔色，能共松篁遠俗塵。坐對一樽清賞處，興來欲寄隴頭人。

## 元日

今年元日好風光，駐節邊城樂事長。角引梅花聞曉奏，杯傳柏酒喜先嘗。野塘氷泮浮新緑，堤柳烟輕㬐淡黄。寄語五華山下客，芳春準擬到滇陽。

### 次韻春日即事二首

客裏何人共一杯，門前或報使君來。柳迎春色依依緑，花趁東風灼灼開。白髮數莖容易改，朱顔一去可能回。明朝好着登山屐，看遍桃腮與杏腮。

### 又

相約城東踏早春，可堪連日雨來頻。琴樽不遂尋芳興，花鳥休愁覓句人。弱柳舞風金縷細，遠山籠霧翠眉顰。星軺帶得天恩澤，散作甘霖及遠民。

### 漫興二首

誰家莊子郡城西，爲趁東風散馬蹄。烟際峰巒分遠近，水邊樓閣映高低。年來酌酒情殊樂，老去逢春意欲迷。會晤有時須酩酊，夕陽歸路草萋萋。

### 又

客路光陰荏苒過，春來行樂興偏多。昨宵好雨添芳草，今日東風趁薄羅。一樹梨花開白雪，千條楊柳拂清波。邊庭更喜烽烟息，處處夷民盡踏歌。

## 和喜雨詩韻

春風吹雨過山前，處處園林帶濕烟。東作喜看呈上瑞，西成準擬樂豐年。青回野壠芃芃麥，綠溢花渠汩汩泉。生意滿前民物泰，欣然爲誦黍苗篇。

## 蕨拳

撑破蒼苔露一拳，東風二月雨餘天。平原挺挺擎朝露，幽谷攣攣握暖烟。方外可同蔬笋氣，堂中弗稱綺羅筵。司春未肯輕開放，始信能持造化權。

## 春日途中遇雪

芳春歸騎自天涯，滕六俄然奪歲華。帶雨逞威寒凛冽，迎風作陣勢横斜。飄來馬首輕於絮，綴向枝間巧若花。公館晚來吟賞處，金樽有酒不須賒。

## 杜鵑

故山回首已千年，猶有芳魂託杜鵑。幾度叫殘楊柳月，一聲驚破杏花烟。酒醒孤館偏愁絶，夢斷深閨益悵然。啼血滿枝遺恨在，香紅開遍暮春天。

## 遊太華寺

麗日和風二月天，踏青騎馬過晴川。夭桃幾處紅含雨，弱柳千株緑嚲烟。俛仰乾坤成舊跡，登臨人物異當年。玉壺滿載梨花酒，爛醉金銀佛寺邊。

## 和澂江王太守九日詩韻

滇海相逢已有年，幾回佳節共開筵。紛紛紅葉迎霜落，采采黄花帶雨鮮。栗里不須思往事，龍山誰復效先賢。風流却羨潯陽守，寄酒兼傳白雪篇。

## 九日

滇南佳節又重陽，喜盍朋簪引興長。鏡裏蕭蕭頭鬢白，樽前采采菊花黄。雲山如畫收殘雨，風葉飄丹醉曉霜。自笑年來何潦倒，登高不覺恣疏狂。

## 櫻桃

柳絮風輕雨乍晴，園丁又復獻朱櫻。味逾紫蔗含瓊液，色勝丹砂混赤瑛。醉月樓頭消酒渴，看花亭畔助吟情。縱然奇絶令人愛，不似鹽梅可和羹。

## 和徐憲副韻

一榻清幽寄此身，琴書終日獨相親。才華醖藉連城璧，笑語雍和滿座春。美酒謾傾聊適興，新詩細咏自怡神。殊方最喜交情好，來往論文不厭頻。

## 遊無爲寺

銀溪峰畔無爲寺，地絶囂塵景最嘉。方丈翠凝羅漢竹，曲欄紅映杜鵑花。林收宿雨幽禽響，徑轉春風小燕斜。行樂應知情思好，歸來信馬岸烏紗。

## 春日寓沙甸喜雨

朝來微雨浥輕塵，望斷郊原草色新。燕入小樓營舊壘，鶯遷高柳哢芳春。殘花點點隨流水，綠樹陰陰暗遠津。客路可人風景好，又看東作及斯民。

## 壽陳勛衛

德星燁燁照崧高，光嶽鍾靈誕世豪。已喜華勛書汗竹，又看綺席獻蟠桃。簪纓名閥傳千載，文武奇才貫六韜。願祝遐齡等松柏，樽前莫惜醉香醪。

## 和應方伯韻

佳章遠寄句清新，展玩令人倍爽神。令節每驚天外客，高才自是箇中人。經邦獨喜寬而厚，樂道寧論富與貧。愧我柳營無一事，何須羽扇共綸巾。

## 中秋

雲霧初消霽景鮮，開樽延賞思飄然。山河隱隱中秋月，星漢迢迢萬里天。瀲灩酒杯浮綠蟻，清新詩句寫華牋。興來莫惜今宵醉，老境相看又一年。

## 送侯亞卿回京

祖帳旗亭惜别離，趨朝倏爾及瓜期。菊花黄綻深秋候，楓葉紅明夕照時。把袂謾傾千日酒，攄情爲賦七言詩。應知奏對天顔喜，定荷殊恩拜玉墀。

## 送易同知

初冬天氣瘴烟清，别駕嚴裝出郡城。萬里居官多政績，九年考最被恩榮。霜晴僰道青驄健，水落巴江畫鷁輕。異域相看頭總白，謾傾樽酒若爲情。

## 清樂軒

公退軒中自琢磨，年來樂事定如何。圖書妙理明斯道，壺矢閑情付雅歌。芳草一庭生意滿，焦桐三尺古音多。料應胸次無塵俗，終日端居養泰和。

## 寄陳郭二勛衛

湖上風光屬早秋，輕烟漠漠未全收。青山遠近藏僧寺，碧樹高低映樹樓。水色連天移畫舫，荷香落酒醉金甌。座中人物皆冠冕，賸有新詩迭唱酬。

## 九日

殊方風物當重九，邊境無虞士馬閑。笑把黄花簪白髮，强將绿醑益朱顏。霜寒野水澄冰鏡，雨霽峰巒擁聚鬟。乘興今朝恣行樂，登高何必效龍山。

## 遊玉泉庵

日照珠林散曉嵐，春晴又到玉泉庵。岩花零落香猶在，禪意幽深妙自探。石鼎煮茶供軟語，玉壺載酒飽清酣。寄言年富文章客，莫惜來停柳外驂。

## 壽楊參贊

奎星燁燁燭三台，喜見清時出異才。館閣文章輝錦繡，廟堂人物具鹽梅。千年東海蟠桃熟，五月南風菡萏開。贊理邊藩無事日，摩挲銅狄訪蓬萊。

## 送陳大参

大参述職覲楓宸，祖席臨岐卜吉辰。江館杏花紅褪雨，雲津楊柳緑摇春。政成遠播聲名重，朝罷深霑寵渥新。敷奏若詢方面事，華夷一統總堯民。

## 陳布政病

簾幙風清暑氣收，先生嬰疾未全瘳。可人香愛階前蕙，驚夢喧聞竹外鳩。藥裹頻開長日静，藜床高卧小窗幽。何時載酒滇池上，閑向汀洲玩白鷗。

## 漫興

一番雨過暮春時，出郭閑遊也自宜。江上緑添新水漲，天邊青見遠山奇。茸茸芳草迷幽徑，點點殘花落故枝。勝覽歸來心自得，此中意趣少人知。

## 春日行樂

出郭尋芳信馬行，春山如畫可人情。烟籠楊柳千條嫩，風颺梨花萬點輕。賞景正堪延好客，停杯忽聽囀流鶯。明年此際誰同賞，不惜樽前醉玉觥。

## 寄徐憲副

花朝已過又清明，對景懷人句未成。夜雨園林紅漸少，春風庭院綠初萌。枰棋自可消閑思，樽酒還能散客情。寄我佳章如錦綉，幾回吟玩韻難賡。

## 春日宜良有作

野寺尋幽日已西，春風花樹影高低。巖泉汩汩聲偏細，烟柳依依綠未齊。幾度登臨懷往事，一時談笑總新題。偶來頓覺塵緣息，欲悟三生思轉迷。

## 和徐憲副韻

衣冠濟濟盛威儀，別後令人動遠思。欹枕空勞中夜夢，寄詩足慰寸心馳。才華蘊藉人皆羡，道學淵源衆所知。夷獠即今俱向化，梅花如雪映歸旗。

## 復和遊正續寺

澗底流泉樹杪山，僧房深隱白雲間。寒宵静榻談經坐，暮雨遥城乞食還。林跡共傳千載勝，禪心獨守一生閑。落花洞口晨遊處，飛着袈裟萬點斑。

## 送張御史

奉命持衡萬里來，又看繡節日邊回。堅貞久著冰霜操，藴藉應多館閣才。棘道好山驄馬健，巴江新水畫船開。雍容儀度人皆羨，素有清名重柏臺。

## 梅花二首

歲晏園林欲雪時，春風先到向南枝。芳姿瑩潔明深竹，疏影横斜落小池。東閣曾邀吟客賞，孤山還起昔人思。莫教玉笛吹清夜，老我猶能爲賦詩。

## 又

水村山郭野人家，開遍寒梅幾樹花。能與松篁同晚節，不隨桃李競春華。淡烟籠處殊多態，殘雪消時絶點瑕。疏影暗香明月夜，臨風高咏興無涯。

## 遊笻竹寺訪陳大參病二首

山深雅稱適閑情，布韈青鞋去住輕。釋子焚香陪軟語，野禽隔竹哢新聲。岩前挺立蒼松老，烟外飛來白鶴明。凉夜沉沉羣籟寂，半龕蘿月不勝清。

## 又

寓跡林泉樂有餘，開窗静閲貝多書。蘭芳幽谷飄香遠，竹映清潭倒影虚。野客有時來獻果，山厨無日不供蔬。科頭箕踞松陰下，懶散何妨禮法疏。

## 戊午元日

斗柄回寅泰運開，乾坤生意動枯荄。春盤細簇青絲菜，新酒頻傳白玉杯。溪塢雪晴梅落盡，柳塘風暖燕飛來。清時漸喜堪行樂，謾把新詩取次裁。

## 瞿曇道中

松徑迢迢逾十里，山雲初散見村墟。烟迷草色嘶金勒，風送蘭香襲翠裾。莫道眼前多景物，從知囊裏富詩書。邊氓久已皆知化，在處歌謡樂有餘。

## 次普淜

料峭春寒老不禁，征途策馬思難任。花間好鳥迎人語，意外新詩對景吟。竹帛可能垂姓字，利名那復役塵心。從容更喜多清暇，自起開窗看遠岑。

## 次雲南驛遊水目寺

洱海東南水目山，青鞋公暇一躋攀。浮屠高出青雲上，梵宇雄開碧樹間。童子汲泉來石徑，老僧入定閉禪關。六根清浄無塵雜，盡日談玄未擬還。

## 宿德勝關

保障邊藩第一城，解鞍猶記昔曾行。蒼山高聳雲霄色，洱水雄奔晝夜聲。官柳依依籠雉堞，林花點點墮檐楹。良辰又近中和節，且對風光倒玉觥。

## 遊三塔寺

古寺荒凉歲月深，閑尋禪侶一登臨。半簾日影移花影，萬壑松音雜梵音。對景吟詩饒逸興，談空啜茗散幽襟。白頭獨坐長松下，笑對蒼山雪滿岑。

## 遊感通寺

旭日初高到感通，名藍瀟灑興無窮。庭前竹色娟娟翠，檻外花容的的紅。茗椀足添清意味，禪林不易舊家風。今朝偕友來清賞，一任光陰似轉蓬。

## 次江門

水長江門灘瀨平，荻花風送畫船輕。沙邊白鷺雙雙起，林外黃柑樹樹明。舊館重過人事異，悲笳乍動客懷驚。望中不見隨陽雁，詩就無媒寄友生。

## 次瀘州

柔櫓咿啞下納溪，雨多秋漲没漁磯。一林橘子垂垂熟，兩岸蘆花冉冉飛。山氣作雲遮旅店，水風吹冷上人衣。晚來維棹瀘川上，獨倚蓬窗對夕輝。

## 除夕

久寓滇南將四紀，每逢除夕總相同。香浮柏葉杯杯緑，雪映山茶朵朵紅。景物可堪鄉國異，夷民咸樂歲時豐。年來白髮添多少，自惜流光似轉蓬。

## 遊寺

暇日尋幽興未涯，白雲深處有僧家。重過方丈題佳句，閑倚闌干看落花。奇樹隔溪聞好鳥，輕烟度竹煮新茶。坐來頓覺塵紛息，回首西岩日已斜。

## 次陳謙遊太華寺詩韻二首

清時邊徼好年華，幾度尋幽到佛家。山色一簾收宿雨，松風萬壑散晴霞。上方每聽猿啼樹，此地曾聞天雨花。謾把新詩題歲月，滿懷佳興浩無涯。

## 又

金銀佛寺倚高岑，暇日來遊興趣深。風静香烟騰畫壁，時清甘露降珠林。梅花溪畔迎新臘，山鳥窗前弄好音。爲愛老僧棲止處，濡毫石上寫長吟。

## 贈雲山禪師

憶拜徵書又幾年，今朝歸老舊林泉。三朝聖主遭殊遇，萬里芳名匪浪傳。煮茗松窗閑説偈，焚香竹屋静參禪。應知悟得西來意，好闡宗風滿大千。

## 宿馬龍和姚大參

曉起聯鑣過易龍，交游還憶昔年同。開樽小酌情偏洽，援筆新題興莫窮。滿徑黄花添晚色，一林紅葉顫秋風。知公飽藴經綸志，他日承恩令譽崇。

## 九日懷金陵

南中風景值重陽，客裏登高憶故鄉。獻壽屢懷斟菊酒，試新端可授衣裳。清風惟有陶元亮，異術能無費長房。醉把茱萸還笑插，龍山落帽任疏狂。

## 癸卯歲夏日，遊法界寺，宿僧房

遊寺平生心所好，尋幽不憚馬蹄遥。新篁夾徑幽禽語，古木垂陰溽暑消。詩客欲追陶令趣，山僧那得遠公標。塵羈他日應能釋，布韈青鞋試問樵。

## 留題財上人方丈

勝境重來屬暮春，高軒弘敞遠囂塵。雨餘苔色階前潤，風度茶烟竹外頻。坐久正欣無俗事，吟成端覺有詩神。焚香軟語消長晝，心地清凉自有因。

## 寄住持靈隱

老僧久矣住岩阿，今日堂頭事若何。世外閑心無俗慮，山中清景有詩魔。苔階雨後生筇竹，茅屋雲深冷薜蘿。料得定回明月夜，焚香獨對病維摩。

## 永昌偶成

吾居永昌，情懷自如，日夕吟詩，偶成一首，同此録去，共訥庵並諸禪老少資笑覽云。

歲晚天涯仍作客，人生踪跡似浮萍。燈殘旅館三更夢，路轉遐方萬里情。柳樹堤邊將及暖，梅花窗外正餘清。歸來賸賞春光好，莫負梨園載酒行。

## 判山聳翠

判山高聳鬱嵳峩，雨過羣峰列翠螺。時有青猿號木杪，豈無蕭寺倚岩阿。鈎簾每助詩懷壯，杜笏應添逸興多。覽此縱知仁者壽，謾裁新句自吟哦。

## 北嶺晴嵐

春城雨過喜新晴，山色遥看畫不成。野寺雲開孤嶂立，荒村嵐浄午風清。林端幽鳥時時囀，澗底寒泉汩汩鳴。徙倚闌干閑縱目，好將詩酒謾娱情。

## 蓮池夏雨

百畒芳塘傍野居，碧波瀲灧映芙蕖。何時載酒同清酌，他日維舟獨羨魚。雨過明珠擎翠蓋，風生香氣襲羅裾。應知茂叔情偏愜，我亦飄然興有餘。

## 指林佛會

象教西來歲月賒，殊方風俗異中華。春光浩蕩盈阡陌，佛澤弘深被萬家。簫鼓聲中聞梵唄，旛幢影裏雨天花。怡然我亦生歡喜，瞻禮何妨日又斜。

## 曲江晚渡

曲江新漲水痕收，野色和烟古渡頭。林外漸看來宿鳥，沙邊還見浴輕鷗。漁翁舉棹論歸計，旅客停驂問去舟。欸乃一聲何處發，夕陽芳草自悠悠。

## 黌宮秋蟾

泮宮秋杪晚生凉，明月當空照八荒。萬里清光流素魄，一株老桂發天香。研窮殊喜開黄卷，賞玩何妨倒玉觴。勉爾書生勤學業，他年虎榜姓名揚。

## 白龍泉

古甸龍潭已有年，清流滚滚出平川。滋餘遠野千章木，灌盡平疇萬頃田。屢見方人誠致禱，曾知靈物久蜿蜒。新題賦得聊堪咏，何日攜樽列綺筵。

## 法明寺

春來幾度坐栖雲，柏子香消活火焚。一徑緑陰閑寂寂，半簾紅雨亂紛紛。紺園日照青蓮宇，髹几風翻貝葉文。老衲煮茶供軟語，高標不覺轉斜曛。

## 建水拖藍

一泓新水净無瑕，縈抱山城幾萬家。未許龍舟來競渡，曾聞仙子去乘槎。粼粼細浪浮新緑，泛泛輕波漾落花。散步臨流思智者，悠然樂道興偏賒。

## 和陳大參秋興八首

公餘無事扣禪扃，踏破莓苔翠一庭。深院鳥來銜熟果，方池魚躍破浮萍。文章老去知多進，病體秋來喜漸寧。好是山中清夜後，半窗明月夢初醒。

## 又

堪嘆人生水上漚，塵中擾擾未能休。數奇不滿平生志，世短空懷百歲憂。山水有緣時自樂，光陰無計可相留。仕途飄泊天涯久，深愧當年馬少游。

又

東籬秋到菊花開，宋玉多情謾自哀。甘露清凉逾沆瀣，紺園風景勝蓬萊。高人丰采温如玉，野衲禪心冷似灰。老我相思不相見，幾回驛使寄詩來。

又

抗塵走俗任狂癡，屏跡山中足自怡。世上功名多士競，吟邊風月少人知。耽幽不厭雲林遠，訪道寧辭石路危。幾度相思凝望處，西山一帶晚烟迷。

又

詩書雖已被秦燒，道學猶知祖舜堯。周孔法言明似日，柳韓文思湧如潮。瑶琴倚曲成三弄，寶劍騰光燭九霄。今古此心誰會得，山房獨坐夜寥寥。

又

山深猿鶴共忘機，更覺閑中日月遲。野迥湖光晴浩蕩，雨餘嵐翠晚凄迷。經翻貝葉通三昧，漏刻蓮花禮六時。吟得清新好詩句，因風毋惜寄相思。

## 又

瀟灑軒窗水竹居，閑來寄傲屬公餘。雲堂静閱維摩像，石室時翻貝葉書。滇海瀰漫同震澤，鷄山秀拔並匡盧。道人不動蓴鱸興，坐對秋風意自如。

## 又

俗塵擾擾苦難逃，暫把聲光謾自韜。遠水長天同一碧，南山秋色兩相高。生平啟沃資三益，老去光陰歎二毛。眼底紛紛皆醉客，屈原何事不餔糟。

## 寄陳大參

驛路風清雨漸收，别來倏忽又中秋。吟邊對酒添詩興，馬上看山散旅愁。叢菊滿枝開晚節，嘉禾同穎秀平疇。故人不見將旬日，幾度相思獨倚樓。

## 題張參議雙桂堂卷

君家分得月中桂，奕世栽培近畫堂。枝拂雲霄誇競秀，恩承雨露喜聯芳。翠陰掩映牙緋絢，金粟飄來錦誥香。更願二難多種德，根深會見慶流長。

## 懷陳大參

傳聞騎從駐寧州，此地荒凉莫暫留。霧隱峰巒時仿佛，風鳴竹樹晚飕飗。囊中賸有君臣藥，客裏惟耽山水遊。遥想公餘多逸興，閑臨沙渚狎輕鷗。

# 素軒集卷之九

## 五言排律

### 和居掾史韻二首

皇威宣海嶠，陣勢列江沱。凛凛星矛集，蕭蕭鐵騎過。王師頻奏凱，酋虜謾悲歌。瘴霧昏連塞，蠻山翠掩螺。臨流思飲馬，入塞喜韜戈。已見屍成阜，真成筆渡河。渠魁俘獲盡，黎庶受降多。勝捷傳聞後，懽容暈臉窩。

### 又

天南夷獠地，嶺阪帶坡陀。向化淳風少，滔天惡俗多。陋邦寧有正，苛政詎無頗。戰陣皆騎象，耕耘亦負戈。山多難長木，土薄不生茶。物產餘狂藥，民生似亂麻。炎蒸饒瘴癘，毒氣翳雲霞。井淺泉兼潦，田卑稻雜沙。瓶添千日酒，園茂四時花。舌硬音同鴂，膺高努類蛙。相如重草檄，博望罷乘槎。何敢干天討，終誅豕與蛇。

和車軒春日雜咏十韻

三冬盡殘臘，一氣屬陽春。白褪梅容老，青回柳眼新。遊觀欣俠客，播種遂居民。賞景排筵盛，尋芳出郭頻。梁間巢紫燕，水面躍紅鱗。上苑花開錦，平湖水漲津。鞦韆呈畫板，蹴鞠惹芳塵。皓齒憐秦妓，朱顏數越人。風光舒此日，桃李及茲晨。異域今知化，諸夷性頗淳。

和喜雨詩韻

黃天靈雨降，檐溜倏如傾。禾稼自生植，江湖皆滿盈。下民絕愁嘆，大地動歡聲。已遂漁人趣，兼欣鷗鳥情。纖塵那復起，煩燠豈能生。濡筆寫佳句，因之頌太平。

同陳、郭二公遊滇池

湖水明如鏡，怡情放畫船。峰巒開霽景，禾稻熟秋田。民物咸熙皞，衣冠集俊賢。遠林藏佛刹，平野渺人烟。鼓枻澄波際，揚帆夕照邊。芙蕖嬌艷艷，鷗鳥自翩翩。緑蟻浮杯斝，酣歌雜管弦。凉風醒酒思，高興入詩篇。共賞猶前日，交游况有年。清時幸無事，莫惜樂陶然。

## 端午

南中當五月，小雨熟梅天。共賞端陽節，聊陳玳瑁筵。新詞翻白苧，古曲度朱絃。臘醖傾杯緑，榴花照眼鮮。黄鸝啼樹杪，紫燕舞簾前。徑竹森如玉，池荷小似錢。尚傳懸艾俗，猶記賜衣年。厚禄慚無補，良辰每自憐。且耽觴咏樂，空訝歲時遷。醉後多佳興，題詩繼昔賢。

## 次徐憲副韻

有美東南傑，雍容德量寬。丰標森玉樹，氣岸壓峰巒。騏驥青雲足，鯤鵬碧海翰。潛光同韞匵，嗜學欲忘餐。淳樸由來尚，浮華詎肯干。簡編消日永，涵泳坐更闌。自昔耽儒素，何曾事綺紈。搜奇探禹穴，進業警湯盤。温潤崑山玉，芬芳楚畹蘭。談經芹泮静，戰藝燭花殘。寵錫瓊林讌，榮頒紫誥鸞。籍通仙苑桂，香惹御爐檀。獻納多誠懇，封章屢糾彈。九重辭鳳闕，三峽冒風湍。赤水嵐初霽，烏蠻路正乾。澗泉鳴珮玦，野竹映琅玕。接壤桑麻藹，連城雉堞完。商山晴歷歷，滇水浩漫漫。郡邑遵風紀，夷氓樂阜安。俗淳無獄訟，人喜覩衣冠。景物吟邊寫，湖山馬上看。秋霜烏府肅，炎日柏臺寒。洛下曾聞賈，天涯幸識韓。池亭鳴綠綺，石鼎試龍團。花影移簾外，禽聲在樹端。高談霏玉屑，浩思湧春瀾。觴咏供幽適，鳶魚入静觀。公餘常過訪，坐久極清歡。愈覺交情洽，殊無客路嘆。冰霜持勁節，鐵石見忠肝。踐跡曹劉壘，游心李杜壇。筆鋒霞絢爛，胸次錦縈蟠。偉器稱瑚璉，雄文重木難。理刑分淑慝，布澤及煢單。禮下鶉衣士，仁敷鳩舌蠻。豸冠簪白筆，驄馬照雕鞍。裨益蒙知己，庸疏愧守官。晨興思待漏，晏坐聽鳴鑾。顧我才無補，知君史可刊。時清更多暇，莫惜共盤桓。

## 送朱紳歸臨安

津亭南郭外，送爾復登臨。厭聽鵑聲切，應知客思深。山村毋滯宿，野寺謾幽尋。堂北榮萱草，庭前茂竹林。勿耽遊子意，常慕古人心。建水殊多暇，詩成好自吟。

# 五言絶句

## 夏日閑居寄陳大參四首

庭前有嘉樹，枝上囀流鶯。遥憶平生友，題詩一寄情。

### 又

暑雨初收後，南風乍起時。閑情無着處，窗下看圍棊。

### 又

心清樂有餘，真箇是閑居。獨坐芸窗下，焚香閲古書。

### 又

樹影晝沉沉，閑調緑綺琴。高山流水調，千載古人心。

## 送陳、郭二勛衛桂花酒

釀得天香酒，開時蟻尚浮。一樽聊寄贈，莫惜醉金甌。

## 和居掾史韻二首

別後想容儀，書來慰所思。多君能贊畫，往往出神奇。

## 又

自昔好風儀，令人動遠思。定知重會日，詩句益新奇。

## 題溪山小景

貌得溪山好，清哉趣有餘。紅塵與車馬，不到此中居。

## 題朱寅仲所畫小景

愛此佳山水，何時得一遊。恍然若天姥，更訝是丹丘。

## 題墨竹二首

淇澳秋風夕，湘江夜雨寒。雖然千萬箇，莫比兩三竿。

## 又

昨夜雨初收，琅玕翠影浮。臨池揮灑處，洗出一天秋。

## 題李文秀所藏倪元鎮小景

茆屋兩三椽，閑居已有年。門無車馬跡，高趣自悠然。

## 題朱先生小景

黄篾樓中坐，悠然獨釣時。烟波湛無際，佳趣幾人知。

## 題朱寅仲畫墨竹

嫩節猶含粉，高枝已出墻。拂雲終有日，陰覆硯池凉。

## 題竹

翠幹亭亭立，清陰裊裊垂。相看淡無語，興到祇題詩。

## 畫梅四首爲羅百户題

春光何太早，先覺隴頭梅。散步延清賞，香風拂袂來。

## 又

群芳摇落盡，獨自占風情。誰寫生綃上，看來逸興生。

## 又

地暖初融雪，南枝盡着花。林逋今已矣，何處覓仙家。

## 又

江路梅花發，清風生暗香。横斜疏影瘦，明月正昏黄。

## 泊鴉公廟

獨坐蓬窗下，閑吟玩物情。如何江上月，今夜倍分明。

## 悼良馬

駿骨非凡種，追風氣勢雄。一朝忽顛仆，想是化爲龍。

## 端午

端陽佳節至，賞景盛開筵。可堪物色異，不覺歲華遷。

## 和韻

偶遇重陽節，籬邊菊又開。相逢當勝賞，不見使君來。

## 七言絶句

### 梅花

扶筇踏遍老莓苔，忽見溪邊一樹開。翠竹蒼松同節操，臨風獨有暗香來。

### 寄陳大參

野寺清幽遠俗塵，夜分禪榻自怡神。好將太極圖中理，指示山林物外人。

### 和陳大參閑居詩韻二首

山深苔徑緑逶迤，雨後林花落漸稀。見説先生將報政，禪林樂静幾時歸。

### 又

巍巍佛閣倚晴空，石澗泠泠雜梵鐘。想是晚凉疏雨後，盤桓溪上撫孤松。

## 和陳大參寄來詩韻二首

倚杖閑看瀑布泉，山中自覺少塵緣。夜深静坐孤燈下，應問山僧柏子禪。

### 又

慎獨工夫在隱微，静中有動見玄機。水光山色無窮意，此樂惟應道者知。

## 次陳大參寓節竹寄來詩韻二首

嵐氣氤氲午乍開，日移松影墮莓苔。山中盡日無人到，惟見閑雲去復來。

### 又

何日書齋酒共傾，座中相與話平生。山城積雨連朝夕，惟見階前長決明。

## 香奩八咏

### 沐髮

花壓欄杆静掩門，蘭湯灔灔試金盆。溶光照見芙蓉面，疑是湘娥漾緑雲。

**勻面**

東風簾幕泛晴光，春困騰騰厭曉妝。膩滑燕釵紅玉冷，輕勻螺黛翠眉長。

**塵跡**

春光淡蕩出香閨，緩步苔階過柳堤。一段行雲去無跡，誰人踏破落花泥。

**秋夢**

珊瑚枕上夢初成，身在陽臺第一層。可奈孤衾眠不暖，月窗風度桂香清。

**眉黛**

隱隱春山拂翠娥，盈盈秋水溜晴波。封侯固是男兒事，牽得眉峰別恨多。

**啼痕**

斜倚雲屏怨阿誰，梨花嬌面淚雙垂。可憐腸斷啼紅處，恰似珍珠脱線時。

**凝綉**

金針窗下刺蟠花，竹影摇風日未斜。興入桃源流水遠，心遊巫峽彩雲遮。

## 卜遠

慢爇名香默禱神，今春憔悴倍前春。金錢若肯通消息，會見紅纓白馬人。

## 咏照水竹

颯颯金風動竹聲，影摇秋水雨新晴。皎如寶匣初開鏡，對照青鸞舞月明。

## 和美人圖詩韻

一副冰綃士女圖，水紅衫子翠雲梳。道人心似沾泥絮，雲雨高唐夢已無。

## 九日

秋日黄花朵朵金，清香晚節是知心。白衣遠送王弘酒，細把陶詩自在吟。

## 懷曾先生

常時絳帳侍談經，别後滇南萬里程。九月不聞新雁到，秋堂辜負讀書檠。

## 次曲江驛

驛樓臨眺動離情，歷歷山川入眼明。正值客懷無處遣，不堪重聽子規聲。

## 登秀山寺

按轡尋幽到上方，紺園秋色正蒼凉。老僧出定焚香坐，清話一回群慮忘。

## 早過通海見漁舟

瘴霧初開蜑雨收，荻花深處泊漁舟。買魚人向沙頭立，不覺驚飛水面鷗。

## 謝周草庭先生詩

彬彬先輩周夫子，示我清新絶句詩。剩有唐人音調在，南滇仍遇舊相知。

## 誦李慎獨緑陰詩

誦君佳製比南金，每憶高談思轉深。愧我才疏難及此，閑將清興慰知音。

## 金鼎香殘

沉水香消玉漏遲，屏幃無處不相宜。可憐灰冷雲窗夜，寂寂春閨夢覺時。

## 玉壺冰潔

春水澄光沁曉寒，冰壺瑩潔可怡顔。雅宜設向書齋裏，君子能同几席間。

## 鏡中燈影

一點丹光映玉屏，碧池涵水墮流螢。雖然不照佳人面，猶有飛蛾亂撲明。

## 瑶臺月色

高臺皎潔影初浮，最愛天香桂子秋。萬頃芸田渾似玉，不知何處覓瀛洲。

## 賦博山爐

博山巧製出良工，用久斑生翠間紅。長日水沉香散處，白雲堆裏小崆峒。

## 睡燕

營巢倦卧翼斜欹，夢到烏衣國裏時。却被鶯聲相喚覺，畫堂春晝日遲遲。

## 偶成

去歲滇城七月中，今年錦樹又西風。那知萬里思親夢，長向堂萱繞露叢。

## 得曾先生詩，和二首

得曾老先生詩，遂用韻以和之二首。

絳帳輝輝聽講書，文章應得亞相如。因風傳到平安信，絶勝人來遺鯉魚。

## 又

憶昔曾乘上水舟，同行同坐亦同留。於今獨作滇南客，黄葉黄花總是憂。

## 遊筇竹丁香花盛開

九月四日同沈叔遊筇竹寺，訪玉峰和尚，時丁香花盛開，故咏詩以美之。

殷勤尋訪玉峰來，爲見名花爛熳開。却恨山家無美醖，也須吟玩片時回。

**和玉峰和尚韻**

一入筇林石徑深，老僧得悟自忘心。焚香啜茗留閑憇，净地無塵坐緑陰。

**秋日早行**

滇南風景異江南，九月匆匆已過三。行止人生那可定，又乘驄馬入晴嵐。

**京觀**

兩國當時苦戰争，尚留京觀有遺名。無人拜掃空寒食，化作東風百草生。

**和沈叔詩韻兼留别**

春風三月别皇都，轉眼光陰冬又初。歸去好期江水上，香醪賸買膾鱸魚。

## 千户梁鑑寫幽蘭圖

蘭生幽谷發清香，荆棘叢中獨異常。自是薰蕕不同調，高標端可壓群芳。

## 竹林小憩

步入幽林小徑深，萬竿碧玉自成陰。坐間不透斜陽影，絶却纖埃可静心。

## 發滇南宿馬隆

分攜金馬各西東，遍歷青山幾萬重。回首滇南在何處，半天霞影夕陽紅。

## 宿霑益州

朝來驛路馬匆匆，馳入炎方萬壑松。薄暮凄然興感處，寒鴉數點没長空。

## 小雨宿烏撒

行行路入烏蠻地，回首黔中已十程。始信漏天多雨雪，幾回經此未嘗晴。

## 宿周泥

高山險陡無平地，窄路逶迤馬去遲。客館蠻奴秉松炬，令人清夜動遐思。

## 聽猿宿白崖

路遠山深客過稀，啼猿夾路亦忘機。傷心多少前朝事，落日蒼烟鎖翠微。

## 過五里坡

驛騎重經五里坡，深泥滑滑似盤渦。每來此地情偏惡，著耳猿聲分外多。

## 過永寧乘舟宿馬客橋

橋名馬客起何年，晚宿沙汀白鳥邊。異俗殊音飽經歷，飄然却喜上歸船。

## 夜宿瀘州

放舟如箭落新灘，灘上孤舟欲泝難。夜泊瀘川卧明月，夢中先着舞衣斑。

## 早瀘州開船，日夜十一站

使客星飛畫鷁船，放歌撾鼓水如天。今朝瞬息逾千里，喜對青燈夜不眠。

## 過重慶八程之忠州

翠嵐初起雨初晴，夾岸間關好鳥鳴。慣閱輞川圖上景，今朝身在畫中行。

## 過高唐驛

翠擁嵐光十二層，薄雲將雨又開晴。宋生自賦高唐後，閑雨閑雲似有情。

## 夜行見月上

輕烟淡靄月初生，臥聽孤舟欸乃聲。江上此時波浪静，令人心跡喜雙清。

## 過荆州關王廟

堂堂蜀漢美髯翁，遺廟荆湘歲祀同。自墮阿蒙危策後，令人千載仰高風。

## 黃茆港阻風

朔風號曉沸狂瀾，銀屋嵯峩九折灣。咫尺京華隔天上，坐看落日墮青山。

## 江州月明望廬山

縹緲廬山千仞高，江空月夜絶塵歊。乘風欲跨青鸞去，五老何時許見招。

## 出峽

衝波萬折度回川，峽出夷陵始坦然。不假雲帆三百尺，安流從此放樓船。

## 舟泊武昌，與耿五夜話

保安門外泊孤舟，又喜親朋一夕留。因話别離情不盡，坐看明月墮西樓。

## 憶吴銘指揮

憶昔同遊滇水濱，重君佳句比南金。此回别去餘三載，何日相携酒共斟。

**過辰陵磯，望君山洞庭湖**

湖光縹緲接烟霞，月色朦朧映淺沙。安得老翁吹鐵笛，乘風同去訪仙家。

**過關鎖嶺**

山高霧重曉冥濛，幾處猿啼碧樹中。王事驅馳那敢憚，恩榮極荷錫微躬。

**過寧遠堡，早遇冰雪**

馬蹄踏雪過寧遠，凛凛朔風吹面寒。萬里關山何日盡，方知行路古來難。

**寄平仲微**

萬里懷君咫尺間，衹因王事不辭難。新詩賦就心相憶，頻寄梅花爲報安。

**題美人圖**

二八嬌娥下翠樓，傾城體態足風流。海棠花下無言立，要使花神見亦羞。

## 咏千葉梅

羅浮仙子玉肌香，不作尋常五出妝。笑弄冰綃重叠影，月明和雪鬭清光。

## 過小孤山陰雨

孤山屹聳大江西，烟樹重重叠翠微。祠宇巍峩神有感，客舟今夜正相宜。

## 江天即事

蘆葉青青江水平，芹泥香軟燕飛輕。舟行不怯羅衣薄，細雨霏微已放晴。

## 苦雨二首

積雨連朝不放晴，客舟應是滯歸程。宿雲堆裹青山出，縱有良工畫不成。

## 又

昨宵風雨阻行舟，今日中天霽靄浮。江上忽驚波浪静，錦帆無恙下中流。

## 三月廿四日阻風鴨欄，次日開船，喜晴

日日風波滯客舟，茫茫烟水接天浮。今朝笑倚官船柁，穩向長江放碧流。

## 蒙恩觀海青

俊翮來從瀚海東，雙眸如電錦韝中。承恩禁苑初看處，勇氣軒騰玉帳風。

## 江天即事

薰風漾漾送行舟，蘆葉青青江水流。客裏情懷何處遣，晚凉注目驛前樓。

## 晚坐納凉

五月長江水氣凉，薰風時送芰荷香。官船穩上江州去，賦得新詩興味長。

## 五月四日舟次安慶

去年此際在昆明，今日重辭五鳳城。我爲勤勞王事遠，却懷甘旨事親情。

## 途中口號

岳陽江上雨溟濛，最喜官船得順風。指日滇南應可到，掃除蠻獠立邊功。

## 舟次龍陽驛

昨宵泊在君山下，今日飛帆過洞庭。湖裏不知天地闊，却憐旅況似浮萍。

## 寄平仲微

秋到滇南雁不飛，憶君何處思依依。於今一别過三月，幾度登樓望落暉。

## 題李文秀滇池漁隱圖

滇陽佳處卜幽居，山色波光浸碧虚。罷釣歸來忘世慮，托交唯有案頭書。

## 寄林屋老師

他鄉此日君思我，我在滇城却憶君。兩地相望千里外，惟將書札報殷勤。

# 素軒集卷之十

## 七言絶句

### 題黃子久小景

好山深處闢幽居，白石清泉樂有餘。盡日讀書忘世慮，不知嵐氣上衣裾。

### 喜雪柬光古先生

天公凛凛整嚴威，散作瓊芳點綉幃。正遇時清歲豐稔，邀朋宴賞莫相違。

## 滇南六咏贈陶給事

### 金馬朝陽

曈曈初日散輕烟，山色微茫紫翠連。遥憶漢家空望祭，今歸盛代已多年。

### 碧雞秋色

碧雞山上雨初收，影浸滄波萬頃秋。紅樹白雲千嶂遠，青嵐紫靄半空浮。

### 玉案晴嵐

空翠冥濛滿碧山，隨風飛去又飛還。有時信馬長林外，仿佛身登罨畫間。

### 滇池夜月

水色澄秋接絳河，琉璃影裏漾金波。分明一鑑從空落，皎皎清光不用磨。

### 魚池躍金

靈物蜿蜒自有神，一池寒碧浸秋旻。吟餘不覺憑欄久，時見洋洋躍錦鱗。

### 螺峰積翠

雨過層巒擁翠螺，紺園遥映鬱嵳峩。鈎簾時復焚香坐，添得詩懷爽氣多。

## 和居掾史韻

聞道元宵駐塞邊，繞營笳鼓競駢闐。遥知紫陌當兹夕，陸地争看萬斛蓮。

## 和僧大用詩韻

聞説當年惠遠公，白蓮精舍異禪宫。道心皎若中秋月，今古傳來意本同。

## 杜鵑花

春光開到杜鵑花，淺紫深紅散綺霞。遊客乍看驚俗眼，臨風疑是洞仙家。

## 過寶曇寺

東風吹雨送輕寒，坐對殘花春又闌。爲愛老僧禪室浄，新詩題上碧琅玕。

## 和松雨先生韻

開軒東望若商參，兩地相思役寸心。倏忽又逢秋氣至，何時樽酒共長吟。

## 贈僧立恒中

老禪今日事何如，已隔塵寰構一居。覽盡山林那及此，安心惟有貝多書。

## 和螺岩詩韻

麥秋天氣晝生寒，勝境城中讓此山。真慕老僧門不出，心同木石自然閑。

## 題趙松雪木石圖

瀟湘昨夜雨初收，楚館朝來爽氣浮。可愛此君依石友，娟娟翠色濕如流。

## 題朱寅仲所畫小景

南山北山起烟霧，幽人茅屋山深處。林下不聞樵斧聲，麋鹿猿猱自來去。

## 和車軒雨晴詩韻

捲盡浮雲天氣晴，及時風景眼中生。登高聊復舒懷抱，獨念交南有我兄。

## 湯池晚浴

温泉觱沸似蘭湯，況復時光值艷陽。浴罷咏歸情思好，和風輕拂越羅裳。

## 清隱堂閑憩

清隱堂中絶所思，日長山寺雨晴時。清風忽送幽香至，應是白蓮開滿池。

## 寄馬仲剛口號

道術精深馬白眉，南中氣候獨能知。羽書正爾催行色，早鞚青絲莫較遲。

## 和僧大用詩韻四首

秋日郊原氣色清，登樓聊得遣閑情。離離畎畝嘉禾熟，乍雨乍寒天欲晴。

## 又

梵刹孤高露氣清，青燈黄卷好留情。有時步屧閑吟處，淡月疏星秋始晴。

## 又

天風吹度桂香清，獨自憑高覽物情。萬里秋旻無點翳，一聲好鳥弄新晴。

## 又

瑟瑟西風宇宙清，授衣猶起故鄉情。雲霄望斷無鴻雁，唯有栖鴉噪晚晴。

## 圓通寺訪僧不遇

林樹秋高落葉黄，尋僧不遇祇空堂。岩前唯有芭蕉緑，分得清陰滿竹床。

## 題雨窗秋意寄朱寅仲

閑窗秋杪雨絲絲，寫得湘江玉一枝。蒼翠森然殊可愛，還將此意寄相知。

## 寄李僉憲

夏景將臨春欲過，槐庭雨歇緑陰多。間關黄鳥時時囀，憶友情懷可奈何。

## 遊太華寺

山路登登不易尋，松濤萬頃緑陰深。我來遊訪渾忘倦，擬扣玄關養道心。

## 題柏岩和尚竹

一枝瀟灑勝琳琅，濕翠猶凝墨色香。最是秋空明月夜，好分清影上琴床。

## 爲沈居士題墨竹

雨餘苔徑竹逾青，分得高枝入畫屏。應是平安終日報，此君貞操共山僧。

## 遊玉泉庵

尋芳偶爾到山家，美酒呼來不用賒。却怪無人共清賞，春風吹綻木蘭花。

## 坐弘上人方丈

春雪漫漫墜六花，偶然騎馬到山家。任他門外深三尺，活火爐邊共煮茶。

## 寄王教授

公餘退食坐書堂，閲罷黄庭興更長。遥憶臨安王教授，泮池閑采碧芹香。

## 題朱寅仲斗方

浣花溪上雨初收，萬叠峰巒翠欲流。緬想少陵今寂寞，野花啼鳥自悠悠。

## 梅花詩寄朱紳

滇南風暖雪晴時，忽見寒梅玉一枝。明月横窗疏影瘦，此情應有幾人知。

## 寄朱孟端

清姿别我幾經旬，午夜相思夢寐頻。正好中秋對明月，謾題新句寄騷人。

## 和陳大參詩韻四首

山程迢遞載驅馳，漸見輕黄着柳枝。自是南中春意早，封題先報故人知。

## 又

感君高義欲相隨，豈意盟言日漸違。王事殷勤頻跋涉，山行莫厭鷓鴣啼。

## 又

羡子才華世所稀，聲名端可與雲齊。胸中飽藴皆經濟，肯畏年來鬢有絲。

## 又

滇南物候值初春，憶友憑欄矚暮雲。可怪梅花易零落，東風吹雨濕冰魂。

## 寄陳大參

故人别我又春初，幾度裁詩問起居。野寺日長無一事，料應閲遍貝多書。

## 琴

焚香窗下理瑶琴，流水高山興趣深。一自鍾期千載後，於今誰復是知音。

### 棋

公餘退食日遲遲，適興從容一局棋。此地莫言無國手，箇中清樂少人知。

### 書

綠樹層陰晝景長，清和天氣午風凉。濡毫謾試龍香劑，臨得蘭亭四五行。

### 畫

雨過溪山列畫屏，試將佳趣寄丹青。生綃一幅光凌亂，頃刻烟嵐接杳冥。

### 九日寄王知府

霏微細雨又重陽，爛熳東籬菊正黄。緬想澂江賢太守，開懷對景倒霞觴。

### 寄陳大參

滇南翹首望昆陽，雲樹千重思渺茫。此際想應多景况，寄來詩句興偏長。

## 冬夜

月冷霜飛人静時，窗横梅影兩三枝。呼童拂拭烏皮几，一曲清琴夜景遲。

## 又

窗外蕭蕭風作寒，銅壺水咽漏聲殘。夜深茶罷燈猶燦，坐對楸枰興未闌。

## 又

古鼎香清思有餘，風摇燭影小窗虚。世人共賞毫端妙，謾閲張顛草聖書。

## 又

翠羽嘈嘈唤夢醒，梅花月色滿疏櫺。分明一段羅浮景，好藉丹青入畫屏。

## 書示居廣

野路荒凉雨未收，離離禾黍滿田疇。遥知别後多佳思，可有新詩寄遠遊。

## 書示阮生

滇海秋凉雨乍晴，濡毫寫竹興偏清。此君不獨持貞節，翠影猶宜伴月明。

## 訪庵主不遇

殷勤爲訪道人來，踏破林間一徑苔。雲滿空山無覓處，閑階寂寂野花開。

## 寄郭勛衛四首

軒前滿樹桂花開，風送天香入酒杯。退食從容無一事，謾呼童子抱琴來。

## 又

滇池南望是臨安，正爾懷人獨倚闌。無奈關山五程隔，暮雲春樹幾回看。

## 又

遠勞相憶寄佳章，格調清新逼盛唐。更愛錦箋書法好，淋漓猶帶墨痕香。

## 又

暑雨連朝未肯晴，可堪久客滯邊城。書齋不下陳蕃榻，擬待清樽共一傾。

## 賡真嚴山偈二首

東風小雨未成泥，步入雲深一徑微。不獨談禪留纍日，更憐山水有清暉。

## 又

獅子名藍歲月深，偶因公暇到珠林。庭前柏樹階前草，生意綿綿直至今。

## 過雪山關

赤水河邊萬仞山，烟嵐深鎖雪山關。羊腸古道青雲裏，任是飛仙亦慘顏。

## 禄豐驛樓晚眺

晚來送目驛前樓，禾黍離離尚滿疇。霜冷碧天無過雁，懷人心似水悠悠。

## 寄居志弘、阮宗儉

南中花氣漸薰人，萬紫千紅色正新。寄與滇城行樂者，莫教辜負一年春。

## 絶塵庵偶題

春到山林擁翠嵐，登臨又過絶塵庵。一樽松下延清賞，落日歸來酒半酣。

## 海棠

春暖名花色正嬌，東風無力逞妖嬈。停車莫惜須臾賞，一雨明朝恐寂寥。

## 次永平

千紅萬紫競花朝，馬踏東風態更嬌。隨處縱觀消客思，莫言千里路途遥。

## 寄陳勛衛

永昌分手未經旬，路出龍關别是春。錦繡園林無限意，謾題詩句寄高人。

## 聞鵑

新緑殘紅雨乍晴，偶聞山路杜鵑聲。如何望帝千年恨，訴向東風惱客情。

## 過碧雞關寄郭、陳二生

花落東風春欲闌，行裝又過碧雞關。料應策蹇尋詩客，此際方知行路難。

## 寄余司訓

聞道余生讀禮餘，閉門守制思何如。階前草色連苔色，此際應知客過踈。

## 題畫二首

誰寫匡盧景最幽，碧雲紅樹似高秋。青鞋布韈應隨分，却憶當年惠遠遊。

## 又

桃花掩映石橋西，茅屋應知隱者栖。誰寫新圖入神妙，看來疑是武陵溪。

## 訪石隱

庭前梅萼一枝新，松下禪房絶點塵。爲愛老僧茶話久，始知方外有閑人。

## 浴安寧温泉

春日融和淑景鮮，清晨下馬浴温泉。咏歸氣象誰能解，坐對東風意豁然。

## 春日呂合遇風雨

春雲漠漠障晴空，驟雨東來頃刻中。試向清川橋上過，落花新水泛殘紅。

## 薔薇花

一架薔薇傍粉墻，可人情處逞新妝。憑闌幾度徘徊罷，拂袂春風更有香。

## 九月四日行次禄豊

驛館蕭條值杪秋，獨看雲樹思悠悠。重陽莫負登高興，笑把黄花醉玉甌。

## 寄人

庭院春光欲暮時，曲欄争放牡丹枝。吟成遠寄同聲者，此際能無夢寐思。

## 景州寄郭仲彬

漠漠平原路渺茫，貂裘暖耳禦風霜。南雲此際將梅柳，自是懷人興趣長。

## 題强信畫二首

强生妙得丹青理，揮灑林巒古道比。仿佛巫山十二峰，宛然都在生綃裏。

## 又

千岩萬壑奠洪濛，寓意誰能興不窮。聞説强生真好手，今朝獨見畫圖中。

## 題竹

凉飈時拂濕雲開，緑影垂垂印翠苔。若把此竿臨渭水，可能釣得巨鯨來。

## 至荆湘

雪後瀘江霽靄浮，鯨波日夕向東流。官船瞬息荆門路，回首滇南天盡頭。

## 寄滇中諸公

春來雨雪遍街衢，獨坐閑窗一事無。寄語南雲賢達者，終朝清興祇如愚。

## 寓獅子山

旭日暉暉散曉霞，山林清静絶紛譁。閑來獨步溪橋上，惟見寒梅幾樹花。

## 題朱寅仲山居清興圖

蘢葱古木繞幽居，奕罷芸窗静看書。几上桐琴三弄後，芒鞋月下步前除。

## 至日寄居廣

野館俄驚又一陽，檐前寒日漸舒長。朝來散步延清賞，索笑梅花滿樹香。

## 謁嵩明州宣聖廟

素王功業同天地，棟宇孤高貌儼然。俯拜前墀頻稽首，巍巍聖德永相傳。

## 寄郭文、陳謙

歲晚雲同欲雪時，老懷殊覺鬢如絲。軒前獨有梅花樹，可愛凌寒放一枝。

## 泊黃陵廟

黃陵廟下泊孤舟，萬里雲開見斗牛。二女空含千古恨，巴江日夜水東流。

## 黃州阻風

萬里東歸客思悠，齊安驛下繫孤舟。江間白浪如山湧，一夜狂風未肯休。

## 泊漁陽口

西風吹雨乍凝寒，兩岸蕭蕭荻葦殘。夜泊却怡舟楫穩，活魚新酒醉江干。

## 赤山港夜行

客棹宵征思欲迷，江風吹雨冷凄凄。山城鼓角聲悲切，岸上人家雞亂啼。

## 良店道中風雨阻舟

東風料峭逞餘寒，一夜驚雷奔急湍。獨坐挑燈延客思，雨聲不絶到江干。

## 望君山

挂席朝來過洞庭，君山秀色望中青。舵樓高處推窗坐，幾朵芙蓉簇翠屏。

## 寄陳大參

滇水蒼山隔幾程，每看雲樹更關情。困人春色濃如酒，信馬慵聞睍睆鶯。

## 和壁間韻

蕭蕭風雨值深秋，雲物凄凉興自悠。最愛松聲與山色，停鞭不用策驊騮。

## 寄居廣

萬里觀光到北京，一冬天氣喜晴明。窗前又見梅如玉，謾寫新詩寄遠情。

## 遊太華寺

東風吹柳拂烏紗，一入祇園景最嘉。唯愛日長山寺静，小窗開遍杜鵑花。

## 題夏仲昭高標競秀圖

小雨廉纖濕未乾，垂垂鳳尾拂雕欄。清風庭院偏瀟灑，勁節尤能耐歲寒。

## 題夏仲昭三徑清風二首

清宵玉露下高空，庭户凉生細細風。詩思滿懷吟未就，一簾碎影月明中。

## 又

東吴才子思奇絶，寫出千竿與萬竿。仿佛淇園春雨後，森森蒼玉晚生寒。

## 雙桂軒詩序

雲南按察使魯郡苗公與其兄子雲翔，俱以明經取高第，公由通政司參議秉憲節，雲翔爲延安之中部縣訓導，鄉人榮之。臨邑教諭馬原賓取郤林一枝之語爲顔其居曰『雙桂軒』。搢紳逢掖歌咏以美之，屬予序其首。簡昔之君子名其居室，類因事取義。故亭以雨名則志其喜，堂以晝錦名則榮其歸，臺以超然名則樂其景之美，雙桂名軒，不亦善乎。

夫自漢董仲舒對制策於孝武之世，科舉之名始立。至唐而進士及第，其選尤重。宋之仕者不由科第，謂之右選，非賜進士出身不得升二府。逮我皇朝因元之舊，去華務實，問以五經四書，窮其性理；策以百氏子史，博其聞見。自非聰明特達之資，深造自得，有未易能者。其入場屋，譬猶提孤軍赴敵，苟勇不如賁育，智不若孫吴，豈能勝哉？然則今之科目愈難得也，能得之者，蓋已求什一於千百，况萃於一門，聯中斯選，非其世德之積、學問之富不至是也。雖然，原賓之爲公揭斯扁，豈徒侈公一家之榮，將使公之子姓、鄉之俊秀，有觀感而興起者矣。記曰：有開必先齊魯禮義之邦，聖賢遺澤，雖千載而未泯，他日多士泉湧而山出，則實自公啟之也。書以爲雙桂軒詩序。

## 怡顔堂詩序

給事中夷陵冉公以堂上具慶，揭怡顔二字爲扁，以見志。怡顔云者，悦親之謂也。爲人子者，孰不知事親，孰不欲悦其親，而傳曰『悦親有道』，果何道哉。飲食奉養未足以悦親也，服勞從令未足以悦親也。必先意奉承以樂其心，隨事將順而不違其志。於所不可違也，敬謹行之而無所阿從；於所不可順也，委屈調護之，不使有咈逆。愛焉而不至狎恩之失，敬焉而不爲儼恪之容。夫是之謂『悦親有道』。然非實出於中心，則夫和氣愉色婉容豈可以聲音笑貌爲哉？故曰：『反諸身不誠，不悦乎親矣。』悦親而至於怡其顔面，則所以樂其心志者，爲何如哉？給事學有諸己爲材士，教施於人爲良師。今羽儀天朝，敭歴清要，正立身行道之日，將見紫誥錫封以顯榮其所自出，使國人皆稱頌曰：『幸哉！有子如此！』兹其爲悦親之大也歟？於是儒紳賢之，咸賦咏其事，不鄙予武弁，而以序見屬，因爲本諸聖賢格言以告之，如此云者。

## 滇池南望圖序

凡人情於其所親，合則欣喜，離則憂戚，蓋其天性然。五倫之中莫非天性，况生之膝下，一體而分者乎。是以古之出使於外，而懷其所親之不置，則登高遠望以泄其思，故《詩》曰：『陟彼岵矣。』又曰：『云何盱矣。』釋者謂盱，張目望遠也，前志亦言遠望可以當歸。若今監察御史方公，其得古人之心所同然者歟？公世家南海之揭陽，宦遊京師，奉命巡撫雲南，念慈親在北堂，晨昏定省之曠，不能不往來於胸中。間登南城以望，見夫滇池之浩蕩淼漫，合流南溟，遥空一碧，六合同覆，孰能魚川泳而鳥雲飛也？爰命繪者圖爲『滇池南望』，君子多之，相與賦其事，篇什成乃屬予序。夫聖人之教，親親而仁民，仁民而愛物，故行仁自孝弟始，公之於學知所本矣。然君子不以家事辭王事者，以公義勝私恩故也。無公義非忠臣，無私恩非孝子，仁不遺其親，義不後其君，仁義忠孝並行而不相悖，於斯圖見之，庸序諸卷端。

## 送雲南按察使蹇公榮滿序

雲南古荒服也，漢唐宋所不能臣。皇明洪武辛酉，天兵克平之，聲教既敷，百秩維序。朝廷以其地極西南，去輦轂尤遠，恐耳目有所不及。粤歲乙亥，乃始設按察司以輔治之。上以達九重之聰明，下以彰一定之法律，俾遐荒之民，凛然知所懲勸，而各全其仰事俯育之天，猗歟懋哉！然則任遣之際，必慎選廷臣端莊謹厚者爲之使，以綱紀之也。永樂己亥，渝川蹇公自都臺名御史擢居滇南憲使之任，刑清政舉，官知所守，吏知所畏，夷民知所趨向，而風紀大振。宣德丁未，以外艱之憂歸渝川，廬於墓者三年，人咸稱其孝。暨服闋起，公復之任焉。蓋公之爲人，簡重端方，其存心也恕，其持身也廉，其用刑也平，明足以燭事，公足以服人，故能達聰明，彰法律，使萬里之外瞻天威於咫尺，畏刑遠罪而各安於無事之域也。今以九載榮滿，考績天官，顧餘忝寄藩維，與公情好且有年矣。事有未通，政有未允，必相與咨詢之，而麗澤之益居多焉。一旦云别，能無介然於中乎？雖然，是行也，以公之政之才，浹於遐壤聞於中州者，歸覲天庭，將見踐華要，登臺閣，功贊化機，而澤敷遐邇，豈止滇南一隅所可擬倫也哉。是爲序。

## 送江西左參政張公之任序

聖天子嗣登大寶，治化一新，百秩維序，民物咸熙。然猶慎擇内外臣僚，有謹厚廉能者，不次而陞擢之，以司藩屏之職，此即有虞明目達聰，作興人材，舉一世而甄陶之，以底夫雍熙太和之盛也。猗歟休哉！雲南右參議張君居傑，夙以材能聞，承詔陞江西左參政，將之官，來别於余。余謂君子贈人以言，但世之受言者率多喜諛，故言者亦多以諛進。若進諛言以悦人，則非君子望於人，不若不言之爲愈也。今君之獲寵陞而增其禄秩，是豈欲榮其名以利其禄食也哉？蓋將所以爲乎民也。江右爲東南大藩，文獻名區，士夫淵藪，人民之夥，物産之繁，甲於天下，較之滇南尤爲難治。今兹往也，幸毋自足尚期，恪乃心以罄厥職，使政治益新，聲名益著，庶幾無負於朝廷求賢之意。他日論功課績，轉而上之，踐華要，登台鼎黼黻。

## 題鄭都督三顧茅廬卷

予嘗讀漢諸葛亮傳，謂亮當漢祚衰微，躬耕南陽，自比管樂，不求聞達於諸侯，故人以卧龍稱之。後因州平心與元直神交，達於昭烈，又能以貴下賤，洎乎三顧起亮於草廬之中，一言道合，解帶綀兵，遂許以驅馳。志扶劉氏，纘承舊服，結吴抗魏，擁蜀稱漢，刑政洽於荒外，道誼行乎畿中。以此觀之，誠如昭烈所云：『孤之得孔明，如魚之有水也。』蓋自古秉事君之節，有開國之才，立身之道，字人之術，及受遺詔輔幼主，精誠貫於金石者，惟武侯兼有之也。今都督鄭公雪軒，收藏前人所畫《三顧草廬圖》，徵予一言，識之左方。閲是圖者，當知感慕以起高山仰止之思，毋徒視爲奇玩而已矣。

## 跋梁岳介軒

梁生岳久侍於余，因知其有勤勵之志，特命其藏脩之所曰『介軒』，大書二字以畀之，蓋取諸豫之六二之義也。夫人處逸豫之中，鮮不爲其逆，而耽戀不已也。惟得其中正以自守者，知宴安鴆毒而不可懷，故見幾而作，不俟終日而有，貞吉之道焉。吁！斯非節介之士，其能然歟？《易》曰：『介於石，不終日，貞吉。』，梁生其勉焉。

## 別意圖詩序

《昆明別意圖》者，爲錦衣衛指揮使陳叔度作也。叔度，柱國平江公之仲子，性資穎悟，器宇軒特，經史韜略，靡不貫通，而又脱畧紈綺，敦尚儒素。蚤以勛舊子入侍殿庭，恩寵優渥，擢授勛衛，聲譽翕然播於時。邇者，麓川夷寇侵軼邊圉，虐驅烝黎，皇上命將率三軍以討之。時大司馬王公總督軍務，謂叔度才畧優長，克參機務，請朝。於是叔度從大司馬徂征，師抵潞江，司馬公謂叔度可當一面，俾統兵由東路掎角而進，出奇制勝。涉險摧堅，屢破寨柵，蠻衆瓦解，賊勢由是而衰。大司馬承制論功，榮陞是職。今凱旋回京，戒行有日，余與叔度尊府公相知且舊，而叔度又與余愛好尤篤。於其行也，安能已於言耶？遂賦詩繪圖以攄余之別情，復俾能詩者咏歌以爲贈。雖然，以叔度之材，膺屏翰之任，握宥密之樞，直易易耳。佇見勒銘彝鼎，垂耀汗青，豈止如是而已哉？系之以詩曰。

## 送雲南按察司憲副徐公考滿序

宣德辛亥冬，四明徐公庭謨以按察副史蒞政雲南，始識之。目其貌也温，耳其言也厲，知其爲純德君子也。及與之交，懽然以相愛，怡然以相得，誠昔人所謂如飲醇醪，不覺自醉者也。每政暇時，嘗過余，或討論於典墳，或笑談於琴棋觴咏，其所以啟沃裨益於余者居多，是以久而彌敬也。間爲詩文，如秋水芙蕖，體態清麗；如長江大河，一息千里，可愛可愕。至於聲威遠播，肅然如秋霜烈日之可畏，俾椎髻卉裳之民，咸樂於化育之中，是以獄訟簡而政刑清也。蓋公之才德優長，故其見於行也卓卓如是，使人歆服羡慕而無已也。今年秋，考滿，入覲大庭，來別於余，余惜其去而悵於中，且告之曰：『公以卓犖之才，淵穎之學，而又際乎清明之時，將見榮膺寵渥，登臺鼎，秉樞機，尚當大展其所藴，以彌綸政化，黼黻太平，俾功業著於時，聲光垂於后，斯則余之望也，公其勉之。』

## 送侍御劉公還京詩序

雲南古西南夷也，自漢始通中國，元雖郡縣其地，不過羈縻而已。洪惟聖朝，混一區宇，洪武辛酉，始入職方。仁漸義摩，風俗丕變，民安物阜，於兹蓋六十餘年矣。邇者麓川叛寇思任發，怙恃其險，悖逆不道，侵牟邊圉，刈劉民人，封豕妖狐，以跳以踉。皇赫斯怒，爰整三軍，敕大將軍往討之。猶慮軍餉罔或克濟，復敕監察御史劉公持節視師，參贊以督運之。且其地山林阻深，弗通漕輓，轉輸惟艱。公之至也，布置有方，不疾不徐，不苛不擾，是以軍餉克濟，民不告勞。以致王師克捷，平其巢穴，殲其醜類，夷賊潰奔，蠻方底定，振旅而還。公亦與有勞勩，今竣事趨朝，戎行有日。公與余相好尤篤，於是賦詩繪圖以贈，以抒别情。竊惟公以淵穎之學，經濟之才，見諸行事，是以立朝有謇諤之風，出使著公勤之績，會見入覲大庭，拜天顔於咫尺，敷奏以功，寵錫有加，豈特蜚英聲於烏府而已也？是爲序。

## 田園逸樂圖詩並序

士之負才猷，處貴富，持守節操，久而弗渝，名遂身退，而獲優遊於田園桑梓者，非其智識之明，用舍之審，素不以聲利汩於中，弗克爾也。若致仕指揮使胡廷貢，殆其人歟？

國初時，先驃騎公以才能委鎮永昌，綏輯夷氓，捍禦邊陲，茂建勛績，至今人尚稱之。廷貢自少穎敏，百家之書，六韜經史，靡不研窮。足跡所至，殆遍南北，凡老師碩儒莫不親炙，故其學益富，識益明，而於貴富聲華，蓋泊如也。既而以廕紹職，遷任南交，士卒懷惠。尋移滇之金齒，聲譽益著，誠有光於前烈也。未幾，以年老援例致政，俾其子繼職，而得遂其素志，徜徉乎山水之間，放曠乎埃壒之外，而樂其所樂也。今年春來，謁余於光霽堂，獲叙平生歡，相與笑談觴咏者纍月。一旦告旋，余弗捨其去，且髩髮各已蒼蒼，又不知後會在何時也，乃繪《田園逸樂圖》以贈，復係之以詩云。

胡公素貞英傑姿，才美由來人所推。六韜三略既條貫，圖書經史不停披。丰標蘊藉温如玉，雄辯驚人尤出奇。早年足跡半天下，於今投老居邊陲。結交倏已三十載，青眼相看情不改。兹焉髩髮各成絲，憶昔交遊幾人在。曾聞功業著南交，更羨聲名播滇海。田園樂趣遂優游，白石清泉如有待。揭來會晤同襟期，酌酒論文心更怡。看花山寺春光媚，賞月庭軒夜漏遲。今朝忽動歸歟興，爲寫丹青寓所思。隱隱旗亭藏緑樹，陰陰林塢啼黄鸝。碧雞關前陳祖席，彼此離情空脉脉。三叠驪歌不忍聽，一杯酒盡青山夕。薰風古道水邊村，西日新蟬柳間驛。相思相見復何時，回首五華雲氣白。

## 題訥庵詩序

夫詩者，所以發乎情性之感，合乎風化而成也。然自三百篇後，六義具備者少。漢魏體格小變，六朝則靡矣。唐以詩賦取士，後之言詩者莫盛於唐，唯杜工部、李謫仙自成一家，衆所不及。近代以來學者，莫不宗焉。四明范宗暉氏，出所作《訥庵集》示予，且求叙。讀之氣概雄偉，音聲鏗鏘，律度渾厚，風流清曠，琅琅乎若清泉瀉練於長崖，巍巍乎若晴巒秀拔於天表，如芙蕖出水，不染泥滓，可謂得二公之餘蘊，追前人之遺躅者矣。予以荒蕪之資，習卜氏之傳，致語於篇端，當俟知者以取正焉。

## 驄馬觀風圖序

驄馬觀風圖者，監察御史當塗華公之所藏也。公以郡邑之秀登成均上舍，擢任耳目，奉命巡按雲南。居歲餘，戎夷安之，而公旬宣敷布，撫循勞徠，孜孜焉惟日不足，乃命善繪者作斯圖以見志，蓋取諸《小雅·皇華》詩人之意也。夫皇華者，君遣使臣之詩，其辭曰：『載馳載驅，周爰咨謀。』又曰『周爰咨詢』、『周爰咨度』，蓋咨訪，使臣之大務，君之使臣，無非欲其宣上德而達下情。故爲臣者，惟恐其無以副君之意，則惟諏詢咨度，以廣其視聽而已。故觀田野之闢蕪，則知民生之豐儉；觀少長於道路，則知俗化之厚薄；觀襦袴之謡，則知吏治之循良；觀乳虎之語，則知官刑之酷虐。然後得以興其利而去其患，激其污而揚其清，豈徒衣繡乘驄，巡行郡邑而已哉？夫爲治者在有位，君子各盡其職而已。若公之所爲，豈非所謂盡職者耶？於此足以知公志之所存，而其進未可量也。予承乏帥閫，方惴惴焉，懼職之未能進。因公徵序斯圖，而爲推言臣職之當盡蓋如此，既以自勵，且以勵夫同志者云。

## 題逯先生詩集序

夫有德者必有言，言者何，文章歌咏是也。昔太史氏采民俗歌謡，而知風化之淳靡，蓋有諸内而形諸外，非得夫温柔和厚之意者不取。然而漢魏以來，作詩者盛矣，而所取者甚嚴，不亦難乎？有覃懷逯先生光古，出平日所作詩集請序之。觀其氣度弘遠，聲律古淡，體製有漢魏之遺風，格調如盛唐之渾厚，鏗鏗鏘鏘，渢渢洋洋，豈可掩之哉。皎乎如白月流光於青天，藹乎如群花秀麗於名苑，可謂獨步者也。雖然，騏驥不遇伯樂何以知其材，美璞不逢和氏無以識其珍，良可一唱三嘆，膾炙後人，惜余知之有未能盡也。遂命梓鋟之，冀學詩者取則焉。永樂庚寅冬十月既望沐□序。

# 素軒集卷之十二

## 慎庵記

濠梁耿侯顔其藏修之所曰慎庵，徵言於予。予惟慎者，戒謹之謂也。人能戒謹，則自不容於不慎矣。蓋居官者慎，則事無隳馳；居家者慎，則德無不修，然則慎者其可忽乎？侯簪纓世家，少以貴介子弟選入國學，讀書習禮，循循雅飭，屏去紈綺，安於澹泊，而又性資聰敏，益廣所學。迨長，歷職武衛，克著忠勤，人咸稱之，蓋由慎之所致也。老寓南詔，卜居晉寧，闢田園，營屋宅，植花卉竹樹於其間，以爲桑榆之樂。當風日晴明，烟消雨止，峰巒擁翠，禽鳥和鳴，則幅巾杖屨以逍遥於丘壑間，或撫松而盤桓，或登高以舒嘯。已而夕陽在山，烟嵐晻靄，則歸而掩關，引觴獨酌，陶然自適，乃偃息於庵中。則其所樂爲何如，亦由慎之所致也。於戲！若侯者可謂慎終如始者矣。《詩》曰：『靡不有初，鮮克有終。』侯其克終矣，是爲記。

## 觀源軒記爲給事中陳相公題

永樂辛卯秋，南海陳公以給事中彌節南詔，省民風，宣政化，予始知公。聽其言，觀其行，而慕其人，於是出必聯鑣，入必交衽，相得歡甚。公扁燕坐之所曰觀源，且徵予辭以爲記，曰：善觀水者必觀其源，善爲政者必務其本，仁義禮樂乃爲政之本也。出於岷山，始於濫觴，乃爲水之源也。夫水之混混，不捨晝夜，盈科而進，下夔峽，趨襄沔，演迤瀰漫，東會於海，凡有源者皆然。猶夫爲政者必務大體，施政令、布利澤於當時，垂功名於無窮，是皆以仁義禮樂爲之本者也。公既知觀水而觀其源，則必知爲政而務其本，懿夫公之名是軒也。余以前所稱釋其名軒之意，以後所稱爲公他日之賀云。

## 贈朱寅仲畫記

勾吴之虚，爲東南一都會，而中州清淑之氣萃焉，林屋天平諸峰，蜿蟺扶輿，磅礴而鬱積，往往環奇之士，鍾秀於其間，昔人所謂士夫之淵藪是已。有若朱寅仲氏，殆其人歟？寅仲自入南中以來，余已知其名而未覩其人，既而識其面而未知其藴。迨余來領雲南藩閫之政，始得與之從容談論。凡古人書畫之法，悉能窺其閫奥，及觀所作層巒複磵，喬林巨石，而風雨晦冥，烟雲晻曖，四時朝暮，曲盡其妙。由其天趣深遠，筆力精到，雖萬里之外，得於咫尺之間，可謂躋古人之神品者矣。寅仲雖素有其才，終不以自矜，故人服其雅量，而重其高致也。予聞堂有張璪者，亦吴士也，斯人衣冠學行，爲一時名流，尤善畫山水，爲世所重。乃知靈氣之在人，異世而同符，初不以古今爲間也。竊恐世俗類以畫家者流歸之寅仲，故併論及此，而爲記云。

時永樂十年壬辰夏五月望日。

## 古樸子記

雲南布政司大參陳公，閩之浦城人也。世業儒，少由郡庠弟子員升胄監，仡仡窮經，晨夕弗懈，無墮容，無疾言遽色，人以謹厚稱。尋登永樂壬辰第，拜監察御史，奉命出巡，糾奸貪，剔冗蠹，鋤豪强，滌冤滯，政令大行，聲威遠著，動摇山岳，以功超陞是職。然雲南古西南夷，比中州之民爲難治。公下車日，猛以威之，寬以綏之，俾咸遂其生生之樂，是以人皆愛敬之也。一日持古樸卷，屬予弁於首。以蕪陋辭，弗獲。予惟鴻濛既判，元元肇生，風氣未漓，人尚質直，不事雕琢。世代云降，人文日滋，澆僞以駁，矯揉是趨，於是有機巧之習矣。蓋由古而有今，由樸而有巧，然天生烝民，均有恒性，理一而已，曷嘗有古今之殊？惟氣禀不齊，是以有今古巧樸之異也。公所禀既厚，所學亦純，雖生於今之世，亦猶古之人也。是以處心平恕，不爲巔崖，不尚詭隨，直道是行，循其自然也。所以大過於人者，其有由然也。予辱知於公素久，而公之裨益於予者居多，今復以文辭見屬，姑以所聞以塞其請，誠所謂以蠡而測海者也。若夫公之家世之流衍，出處之大節，文章政績之震耀於時者，當代鉅公暨夫翰苑鴻儒著述備矣，予奚庸贅？是爲序。

## 雜説示陳以遜二篇

蓋嘗觀乎兩間，人居其中焉，而人之氣禀有清濁之不同者，天也。清者賢而濁者愚，此天之所賦畀也。然則人之生既有清濁之分，而其命亦有窮通之不齊也，何待於求爲？此自然之理也。世之人不究其本而逐其末者，比比皆然。譬之於夢，方其夢也，方其夢也，不知其夢也，夢之中又占夢焉，覺而後知其夢也。惟其不能真知大覺，其爲眩瞀迷惑而不悟者夥矣，烏能安於性命之所固有而修之也。孔子曰：『學也，禄在其中矣；耕也，餒在其中矣。』豈待僥求倖致以害其自然耶？嗚呼！古之人修天爵而人爵從之，今之人修其天爵以要人爵。既得人爵，而棄其天爵，則惑之甚矣。豈古之人皆賢耶？抑今之人皆愚耶？余不得而知之，故書以示，子明理達道，必能爲吾辨之。

## 又

予退食暇常坐素軒中，每日夕見虩虎一偃，伏於窗壁間，或蹲如虎，伏伺蠅蚊來集，乃奮其威，突其睛，矍然一躍而啖之，以充其腹，罔知所畏也。一日，忽有蜂潛止其側，彼以爲蠅也，張吻啖之，蜂掉尾反螫，虩虎倉皇仆於地，蜂乃翾然颺去。噫！彼但知其類同爲可恒飽食也，而不知有毒者焉。嗟夫。

## 鸚鵡跋

雲南之西北，去地千餘里，玉龍山之陽曰麗江，即古西旅之國也。與蒙嶲密邇，土番相隣，滇之名郡也。天朝克平，設府治以鎮之。永樂庚子春，知府木初獲黄色鸚鵡一，遣其子土來，奉於兄總戎黔國公，公悦之。然此鳥稟中央之色，得山川之秀，情性馴良，辯慧能言，而解人意，紺趾丹嘴柘衣素衿。雖無文彩，而妙質奇姿有可觀者焉，誠南中之異禽也。公不敢私，遂貢獻於朝廷，故繪斯圖以紀其略云。後之識者，當寶玩之。永樂十八年六月望日識。皇猷而澤被乎天下，又豈特一方之民沐其惠而已哉？公尚勉之，余日望之，是爲序。

## 贈雲南按察司僉憲郭公榮滿序

《書》云：『明乎五刑，以弼五教。』夫聖人之治民也以德，而刑特以輔之也。然不明於治之本，而一於治之法，欲民心之服，政治之美，未之有也。故居是任者，必公平以宅於心，寬恕以施於法，斯克底於至治，而四方有風動之休也。雲南按察司僉憲郭公，性資聰敏，才識優長，廉公而平恕，詘理而政行，不尚於寬，不尚於猛。故民皆悦服，熙熙皞皞，咸囿於春陽和煦之中，以樂其仰事俯育之天，而遂其耕田鑿井之利，是以聲名洋溢，而德洽於夷氓也。始公由冑監弟子員擢居黄門，克贊嘉謨，繼司大理，詳讞平允。今膺是任，而又茂著徽猷。有以見公之練歷老成，秉心一德，終始無間也。兹以九載滿考，報政天官，戒行有日。余與公相知也久，於其行也，能無繾綣於中乎？雖然，以公之才之德，表表如是，會見入覲天顔，榮膺寵渥，踐樞要，登台鼎，以黼黻太平，俾德澤被乎生民，功業垂於不朽，是則余之所望也，公其懋諸。是爲序。

## 贊郭勛衛

汾陽之裔，德量汪洋。鍾川嶽之秀，依日月之光。文才該博，武畧優長。誠將門之偉器，昭代之賢良也歟。

## 爲方老舅題畫像贊

德富才優，龐眉皓首。當代衣冠，箇中英秀。用舍行藏，不累乎心；志操堅貞，不易乎守。取松石以爲隣，偕琴鶴以爲友。從容閑雅，樂道優游。斯人也，夙抱匡輔之才，今乃爲林下之叟者耶？

## 題《紹祖録》後

右《紹祖録》一卷，江西左參政上虞張公居傑與其弟福建僉憲居彦，輯乃祖九皋先生聽鶴軒之詩文。讀之皆一時名公鉅卿所作，其所以發揮名軒奥義，殆無餘藴矣，復徵余言以書其後。余惟聽鶴之義，蓋有取夫《易》之『鳴鶴在陰，其子和之』之意，傳曰：『誠之感通也。』夫誠者，善之本也。非誠有德者，其孰能與於此哉。九皋先生，其積德也諒久矣。今居傑昆季聯芳科第，歷登藩憲，聲譽彰於時，誠有光於先也。《易》曰：『積善之家，必有餘慶。』余於張氏見之，是爲書。

## 題黄鸚鵡圖

踰滇之南五六百里，有府治曰元江，即古之欏槃甸也。治之西北有江曰禮社，江之南有山曰蒙樂，其山多松，鬱鬱如織，常有鸚鵡翔集，不啻千萬。然純黄者，蓋未嘗見也。宣德甲寅春正月，土酋偶於其處獲一來獻，觀其金衣菊裳，紺趾丹喙，形質超異，巧慧能言，誠羽族之珍，而山川鍾秀所毓者也，遂貢於天庭。此皆聖朝德澤遠被，雖羽族之微，亦出而效珍也。因繪圖復摭其概以識之，俾後之觀者，庶有以知其所自云耳。

# 馬繼龍詩選

〔明〕馬繼龍 撰

左志南 整理

# 敘録

馬繼龍，字雲卿，號梅樵，雲南永昌（今雲南省保山縣）人。嘉靖二十五年（一五四六）舉人，曾任職四川一帶，後官至南京兵部車駕司員外郎。馬繼龍工詩，《滇南人物志》評其『金齒明詩，禺山後惟梅樵一人而已』。馬繼龍著有《梅樵集》，今已佚。《滇南詩略》卷八存馬繼龍詩六十八首。該卷前有『胞弟文奎同纂，萊陽初頤園先生鑒定，保山袁文典纂輯，受業諸子同校』字樣，可知現存馬繼龍詩經過了清代初頤園的初次分辨整理，後袁文典與弟袁文揆合輯《明滇南詩略》時收録了初頤園辨析後的馬繼龍詩。本次整理即輯出《滇南詩略》所存馬繼龍詩爲《馬繼龍詩選》。

其現存詩作，有五言古體一首，七言古體二首，其餘皆爲律體。《滇南詩略》評其詩作曰：『五律清利穩成，已臻佳境。至七律則風流跌宕，一往情深，亦時有蒼凉沉鬱之作，自是得力於盛唐諸公。』其作品的留存情況似乎也反映了其各類詩歌體式創作的高下及影響的差异。從現存

陳、黃憲以『龍元舊氣豪，度叔今懷雅』如，然自帖妥典用，仗對於長體律龍繼馬，看來作詩

比，事讒被而勳殊立建征南援馬漢東用，『勞功頌解直人南，苡薏讒教任口衆』；人友譽稱來登

去老『音知是水流年百，眼濁多氛塵里千』『劉炎繫綫一，運未當分三』如另。僑武鄧人友擬

茫蒼，落畔天河星縹縹『秋月碧頭峰二十，夜猿青口峽江孤』『舟虛一地天來向，餅畫成名功

現從。處之取可有多，然自麗清或，暢流宕跌或，深遥慨感或，闊開象氣或，等『來間樹雨風

，處致一有張主論理的子七後時當與這，顯明爲較跡痕的公諸唐盛法祖作詩龍繼馬，看來品作存

，健雅深雄且折拗鬱沉，作之事時及涉中贈寄與什之古懷龍繼馬但。貌風壇詩的時當了出映反也

。注關得值，向傾的甫杜模規有

馬繼龍，字雲卿，號梅樵，保山人。嘉靖丙午舉人，歷官南兵部車駕司員外郎。著有《梅樵集》，當時稱其『盛德芬然，已樹高標於往日；清風穆若，更流芳譽於來茲』云。梅樵詩無錢板，五古不可得知，七古遠遜張禺山，五律清利穩成，已臻佳境。至七律則風流跌宕，一往情深，亦時有蒼凉沉鬱之作，自是得力於盛唐諸公。金齒明詩，禺山後惟梅樵一人而已。

## 妾薄命

妾薄命，妾薄命，日日含顰羞對鏡。花落長門白晝間，鶯啼春樹黄昏近。白晝黄昏歲月悲，玉簫牙管久停吹。蛾眉已是爲人妬，金屋而今貯阿誰。阿誰金屋應年少，個個笙歌雙鳳詔。珠繡貂璫日月恩，致今門户生光耀。嗟予左右無先容，焉得尋常拜上封。紅杏碧桃春自富，東風偏不向芙蓉。芙蓉窈窕秋江暮，可惜芳心委朝露。此情欲訴與君知，那有黄金買詞賦。詞賦不得君不憐，自甘憔悴落花前。空園夜月愁如海，何處恩光照綺筵。綺筵開處散陽和，六宫粉黛共恩波。君恩自是如天地，落寞佳人奈命何。

頤園先生評：馬梅樵各體亦祖述少陵，其間頗有沉鬱頓挫之作，而魄力不及張禺山，風調則殆過之，當與王伯舉、仲威、文介石伯仲矣。

通體寓意托諷，頗有晚唐遺意。昆明文鍾運識。

## 喜鄧武僑參戎姚關大捷，作姚關行以贈

姚關天設險，南北限華夷。歲月承平久，邊防日以墮。昨年緬甸妖氛起，烽火相連數千里。木邦失守順甯破，賊兵直犯姚關裏。象馬紛馳入境來，急時那得折衝才。倉皇莫定戰守計，毒霧愁雲鎖不開。萬落千村横殺氣，邊氓日望官兵至。羽檄招呼幾萬人，並無一人能奮義。人不奮義將奈何，外夷未翦内夷多。調發經年愁搶攘，徵求無地不沉疴。臺臣痛惜民塗炭，疏上金門請良將。共説將軍在五關，聲名久跨雲霄上。拊髀當年動至尊，腰懸一劍報君恩。閫越親經數十戰，身邊猶帶箭刀痕。義膽忠肝原自許，欲與皇家净寰宇。一朝聞命即辭家，不作區區兒女語。單騎遥向碧雞東，八月烟波渡霽虹。鼓角千山衝瘴霧，旌旗百道漾晴風。錦裘繡帽英雄客，金戈照耀城南北。閭閻争覩漢威儀，草木江山改顔色。驅馳鐵馬五更霜，路指姚關一線長。嚮説北門須鎖鑰，祇今南詔有金湯。攢峰削壁脩高壘，萬丈丹梯天尺咫。鳥飛不過猿猱哀，蛟虯古木空中舉。百年形勝此雄圖，一卒當關抵萬夫。謝傅風流常對局，祭公整暇却投壺。確是武僑身分。蠢夷無知復猖獗，脅從重來整巢穴。奇兵突出攀枝花，雷霆一震妖魔折。折盡妖魔日月愁，天陰鬼哭聲啾啾。火龍霹靂連飛矢，萬騎驚亡象殪死。遍野横屍似斬蒿，潭流血染查江水。耿馬渠魁勢更强，乘馬直擣如擒羊。一日威聲傳六慰，獻琛誰敢不來王。醜類從來多反覆，倒

戈此日皆心服。不是將軍奪其魄，安得功成如破竹。君不見，周吉甫，薄伐之勛高萬古。又不見，漢孔明，南人千載傳芳名。君今樽俎惟談笑，一旅之師平六詔。勛名直與古人匹，麟閣應推功第一。盛事誰當爲表揚，石渠自有名公筆。

萬曆年間莽瑞體、莽應裏猖獗極矣，不有武僑攀枝花之捷，則邊患將何所底止？宜永昌至今屍而祝之也。河陽段琦識。

## 古意

緑鬢誰家子，金鞍白玉裘。朝游花柳巷，暮醉管絃樓。提劍辭家國，投鞭取列侯。時來蘇季子，氣焰壓山邱。

## 疊韻答閔明山

與君同里巷，門舍隔西東。深院鶯聲碎，高樓樹影重。雅懷今叔度，豪氣舊元龍。湖海烟花地，還思往日踪。頸聯深得練字法。

老來無別事，日夕祇加餐。松柏堅吾操，風霜耐歲寒。結交天下廣，知己箇中難。我有高山調，同君試一彈。

## 入蜀

出處天難定，行藏自不知。忽驚身是客，便覺鬢成絲。霜夜征鴻遠，秋風瘦馬遲。宦情休説冷，山水是襟期。五六可抵一篇《行路難》。

## 歸舟晚渡

晚喚歸舟渡，江高月上弦。石鯨晴噀雪，波練暝生烟。猿嘯空山樹，漁歸別浦船。自憐萍水客，笑向酒家眠。

## 益門道中

晨興登棧道，殘月伴人行。迢遞三巴夢，蕭森萬里情。水聲雲外落，山色馬頭横。過盡無人境，新烟起戍城。

## 謁昭烈祠陵

隱隱城南樹，荒臺何代邱。三分當未運，一綫繫炎劉。古壁苔空綠，寒溪水自流。摩碑嗟往事，風雨併生愁。四句確，五六蒼涼，饒有碧草黄鸝之慨。文鍾運識。

## 雪中曉行

風攪千山絮，寒開萬樹花。玉關愁度雁，蔀屋亂飛鴉。隔隴探梅信，沿村問酒家。分明銀色界，疑是泛仙槎。一起至五六皆佳，惜結句不稱。

## 草堂漫興二首

老去羞彈劍，貧來學種蔬。草堂三徑菊，茅屋一床書。祇此浮生足，從前世味疎。肯因升斗計，猶自費躊躇。一氣轉折到底，恰好振起次章。起句極自然老到，此詩品之最高者。石屏羅覲恩識。

閉門常謝事，不識處貧難。布褐原充體，蒲葵可當餐。客來碁一局，醉起日三竿。庭畔多餘地，猶堪整藥欄。作意全在起句，餘皆從此生出，説足不識處貧難意，須看其用筆之妙。覲恩再識。

## 冬日勉諸兒偶成

自笑才疎拙，爲官耻折腰。僻居鄰水石，知己結漁樵。花意催文興，詩情寄酒瓢。蹉跎吾已老，爾輩奮雲霄。

## 勉諸兒赴試

淡泊吾儒事，黄虀日二餐。筆花秋炫采，劍氣夜生寒。但遂題橋志，休嗟行路難。自高鐘吕調，珍重向人彈。言外有不可干求非分意。

## 雨中述懷次前韻

愛睡常遲起，看書午未餐。一天渾雨意，五月覺衣寒。得遂滄洲志，寧驚蜀道難。吾生今已老，長鋏不須彈。

## 聞笛

吹笛誰家江上樓，一聲喚起客邊愁。離魂飛夢家千里，詩思清人月半鈎。年少賈生羞作賦，數奇李廣不封侯。山中猿鶴多相識，衹恐歸時笑白頭。

## 春日出仁壽郭門有感

天開形勝古隆州，罨畫青山鏡裏樓。野遍桑麻休問俗，春深花鳥漫主愁。三千客路多鄉夢，四十年華半白頭。壯志於今蕭瑟盡，逢人慙媿説封侯。

## 慰留鄧武僑將軍

萬里驅兵入不毛，横溪毒水瘴烟高。風霆一鼓空蠻壘，雷雨千山鏟賊壕。衆口任教讒薏苡，南人直解頌功勞。邊庭見説還多事，誰許將軍解戰袍。

沉鬱頓挫，逼真少陵家法。結句惟武僑足以當之。文鍾運識。

## 陳有峰别駕城猛淋寄贈

萬重江鎖萬重峰，石徑崎嶇一線通。六詔金湯須寇老，百蠻歌舞識文翁。旌旗勢掃千山雪，鼓角聲高五夜風。重譯從今輸貢賦，絶聞烽火入南中。

霜殘木落下江灑，絶塞孤懸雁不過。保障地當天下險，經營功較古人多。月明舊壘聞羌笛，花發新城起戍歌。總爲聖朝張義綱，萬山今奈虎狼何。

通體沉雄，結句想見當年疎縱之失。南村徐森識。

## 滄江懷古

孤江鐵索跨長虹，鳥道從天一線通。樹響龍來陵谷雨，山空猿嘯石樓風。百蠻南詔襟喉地，萬木荒祠鼓角中。象馬年來歸貢賦，土人猶説武侯功。

較升庵作猶沉著。琴山羅覲恩識。

## 謁岳武穆祠

古廟寒烟鎖寂寥，松杉入夜起風濤。孤臣毅魄今猶在，二帝遊魂不可招。落寞關山邊月冷，縱横南北野狐驕。道逢故老閑相問，猶説金牌憾未消。

顯在上頭，後人當盡擱筆也。

## 巫山遠眺

𪇰雁雙飛掠遠洲，西風瑟瑟水颼颼。孤江峽口青猿夜，十二峰頭碧月秋。斗挂譙樓催戍角，星分燈火散漁舟。長濤似解當年意，神女祠前咽不流。

此與謁武穆祠、江陵懷古，弔古蒼凉，慨當以慷，尚得少陵遺意。河陽段琦可石識。

言盡而意不盡，剡溪返棹是也。

## 送任治山北上

萬里清江烟水平，錦帆東下碧雞城。風流柏府重持節，鎻鑰邊庭早著名。九陌雲開看繡豸，三春花發聽啼鶯。兵戈南北方多事，前席如何答聖明。

清利流美，一結亦自杜陵得來。羅覲恩識。

## 雨中有懷

蕭蕭連夜雨如絲，欲訪山人未有期。古木寒烟諸葛廟，斷村荒草杜陵祠。孤江寂寞霜楓冷，蜀道迢遥雁札遲。不爲鱸魚思去國，青山隨處有丹芝。

## 題雪堂

碧水池邊起雪堂，琅玕爲柱粉爲牆。梨花月色清人骨，鶴洞溪聲滌酒腸。幾度春遊聞管籥，一宵雲卧冷衣裳。幽人舊有新題句，滿壁驪珠逗夜光。

## 雨中憶梁大峨二首

十月江城日日陰，高人寥闊費長吟。草堂積雨寒江漲，丹壑連雲古樹深。千里塵氛多濁眼，百年流水是知音。興來欲遣山陰棹，渺渺滄波不可尋。

大江東望水雲浮，幾度懷人獨倚樓。老去功名成畫餅，向來天地一虛舟。鏡中白髮添新恨，夢裏青山憶舊遊。鴻雁忽來秋正杪，錦官風雨滿汀州。

前詩沉鬱，此詩超曠。質質白白説來，中含無限神情。咏之彌廣，挹之彌冲，非閱歷深者不能爲此言。

## 懷諸兄弟

楊柳津頭别雁羣，殊方音信隔年聞。客邊久病愁聽雨，江上思家獨看雲。香到籬花秋欲暮，夢回池草夜初分。故鄉歸去知何日，同醉花前向夕曛。

清雋。

情到真時，境無泛設。

## 蜀中悼亡

明鏡當年雙鳳凰，春風琴瑟侍高堂。一朝花露芳容歇，千里江流別恨長。一語勝人千百。辛苦風塵三入蜀，渺茫魂夢獨還鄉。遥知太保山前路，唳鶴啼猿總斷腸。

## 滄江遺愛題贈劉九峰侍御

石樓新向大江開，虹跨長空亦快哉。縹緲星河天畔落，蒼茫風雨樹間來。卓煉有光。關山獨抱憂時老，詞賦新題弔古臺。不爲壯遊留勝蹟，風流原是濟川才。蒼莽。

## 蕭禹揚少府撫夷三宣

秋盡邊庭草木黄，長驅鋏甲省南荒。鼓聲響振千山霧，劍氣寒飛十月霜。句中有眼。漢壘愁雲屯象馬，金沙白日避豺狼。旬宣事蹟追江漢，行見勛名紀太常。老杜。

## 贈别胡襟寰兵憲東歸

南詔諸夷屬網羅，封疆連絡漢山河。三旬失守藩籬破，六詔憑君保障多。劍叱霜風腥草木，旗翻時雨洗干戈。祇今玉樹雲霄隔，愁誦東人九罭歌。

## 秋興

蒹葭蘆荻滿滄州，卜築鍾山憶二劉。情狎海鷗尋洛社，興隨明月上南樓。高江水落青楓老，遠塞風寒白雁浮。自笑無錢供酒債，看山祇共野雲遊。

## 月下訪碧潭上人

一望平川暮靄收，千家城郭月華流。人從蘿徑尋幽寺，僧占名山起紺樓。洗藥經年潭水碧，參禪入夜雨花浮。空門原自能超世，野鶴孤雲任去留。

## 江陵懷古

水國霜殘草木黄，萬家城郭入蒼茫。波濤東下吴江盡，羅琴山云：通體激壯，蒼凉不減信陽北眺。渾灝流轉，響遏行雲，若使何我堂見之，當稱同調。

關塞西連蜀道長。夜雨郎當嘶鐵馬，寒烟蕭瑟鎖金湯。英雄千古興亡處，祇見鴉飛帶夕陽。

## 寄邵纓泉名惟中，保山人。嘉靖丁未進士，由操江御史晉太僕寺卿。

昆明遥隔海雲東，紅樹千山一畫中。澤國烟霞丞相府，時纓泉喬寓安甯楊文襄公宅。太華鐘鼓梵王宫。百年翰墨留金馬，千里音書度霽虹。聞道烏臺新有薦，五雲天上看征鴻。

## 次答張玉洲名樞，禺山從姪。嘉靖己酉舉人，廣西賓州知州。

海内詩人張玉洲，才名藉藉並元劉。草玄愛住青山宅，作賦常登故國樓。新築池亭招鶴伴，醉眠天地看雲浮。床頭劍匣猶龍吼，何日風流續壯遊。

## 壬申春暮得伯兄雙泉書，賦此寄答

城市幽居雜草萊，小廳門設不常開。經旬風雨催花放，異地音書喜雁來。身老最憐招隱曲，時違無論曳裾才。更上一層。龍池夜月常相憶，早晚持竿問釣臺。

## 呈陳雨泉方伯

解佩東歸着綵袍，江花蘿月錦堂高。文章聲價推山斗，鐘鼎勛名直羽毛。猿鶴於今成老友，烟霞原自屬仙曹。後生知□悲遲暮，門下諸生總雋髦。

## 别渝洲張竹庵山人

聞君會受異人傳，海上遨遊二十年。騎鶴欲尋三島客，吹簫獨泛五湖船。春明元圃花千樹，雲净巴江月一天。衰朽於今思避世，不知何處有丹田。

## 春日過沙河訪梁大峩

遲遲春日正晴積，閑訪幽人到薜蘿。水漾陂塘芳草緑，鳥啼村巷落花多。風流詩酒今陶社，偃仰乾坤一邵窩。興盡欲回還駐馬，海門新月上沙河。

## 次答梁大峩

桃花開盡柳花香，十里城南處士莊。烟樹萬重開島嶼，水雲一派見瀟湘。園遮紫筍爲籬落，地長黄精作稻糧。睡起曹騰無個事，看山日日到斜陽。

## 雨中漫述

芙蓉城上雨菲菲，濁酒清吟獨掩扉。澤國水寒雲不散，江天風急雁孤飛。十年彈鋏無人識，千里思鄉有夢歸。世味從來渾嚼蠟，生涯還是故山薇。

深情逸韻，純是唐音，邊徐不是過也。芴山朱弈□識。

## 再寄邵纓泉用玉洲韻

五華城外積波池，一托萍踪住幾時。潮落海門秋瑟瑟，夢回江上草離離。前作但寫交情，此却有身分。百年憂國常看劍，千里懷人獨賦詩。木脱霜飛寒又至，山中猿鶴怨歸遲。

## 再答張玉洲

青春何事戀滄州，未讓當年刺史劉。撫劍一歌招隱曲，歸家還起看山樓。謫仙詩賦雙南重，漢史勛名一葉浮。祇恐蒼生猶入念，徵書旋返赤松遊。

## 寄劉鼎石山人

一從宦海厭風波，五載歸來卧薜蘿。瓦合人情宜按劍，蕭條門户可張羅。滇南雨雪鱗鴻少，蜀北雲山夢寐多。海内故人君獨健，滄洲詩興近如何。

## 用韻自述

看花猶記少年時，轉眼而今兩鬢絲。負郭無田唯有債，杜門少事却多詩。水亭帶雨移新竹，藥圃鋤雲種紫芝。冷熱不須悲世態，絶交久已謝相知。似陸。

## 夏日喜晴

北窗睡起獨登樓，碧樹含烟宿雨收。高柳蟬聲初入夏，澄江風色渾如秋。青山流影侵書案，白鷺分飛狎釣舟。莫道故園歸未得，平蕪一望即滄洲。

## 懷吴石二年丈

青山連屋伴烟霞，路倚龍門曲徑斜。藥圃雲香穿野寺，石床風細落藤花。草亭謝客常懸榻，方外求仙學鍊砂。偃蹇憐余生計拙，而今白首向天涯。

## 閨詞二首

芳草王孫路，春來恨轉多。鳥啼花落處，經月不會過。淡遠。

昨夜西風起，驚聞落葉飛。寒衣何處寄，又見雁南歸。二十字一氣呵成，却是千迴百折，是爲五絶正宗。朱奕□識。

## 元旦道中二首

雞唱方驚客夢，鶯聲又度年華。陌上青含楊柳，隴頭香動梅花。

曠野烟埋遠樹，平川風捲晴沙。隱隱衹聞簫鼓，不知賣酒誰家。

## 帝京四首

五鳳雲霄宮殿，九重帶礪山河。中國聖人時節，太平天子謳歌。

浥露花迎劍佩，疎星柳拂旌旗。喜見成周宇宙，不數漢官威儀。

太液春風楊柳，昭陽夜月梨花。風景不同人世，塵寰那識仙家。

寶馬金珂紫陌，香羅翠輦瑶階。春樹萬家圖畫，鶯花百里樓臺。

四詩可當流麗二字。

## 僑居鄉客見訪

借宿僧家對翠微，忽聞鄉客扣紫扉。故園山水常牽思，風景還如舊日非。

## 訪隱者不遇

杜若春香十里谿，深林行盡日初西。主人不在雲留屋，滿地松花聽鳥啼。宛然摩詰。

## 平九絲城鐃歌三首

節鎮西來第一功，指揮到處百蠻空。一朝露布三千里，天子傳宣賜寶弓。

秋風秋水渡江來，霜月霜花奏凱回。曾羡當年擒孟獲，而今亦有卧龍才。

大將收兵閫外歸，旌旗光映紫雲飛。邊庭石壁題名處，千載春風草木輝。

## 次陳東逵侍御宫詞三首

隱隱樓臺緑樹遮，鶯聲恰恰换年華。深宫睡起無人伴，閑對東風數落花。

春來常自惜芳菲，玉輦巡行久未歸。何似畫梁雙燕子，朝朝來往弄晴暉。

金鎖梧桐夜寂寥，香銷宫漏轉迢迢。長空一望凉如洗，銀漢何時渡鵲橋。三詩足與王建争衡。

## 曉發重慶

惆悵春風江上亭，東流不盡别離情。凄凉蓬底孤燈夜，千里相思對月明。

## 茆屋

池亭淺水垂楊緑，麂眼籬邊多種竹。菜羹一味自春風，半夜藜燈起茅屋。説來淡絶自有身分。

詩以言志，梅樵妙能達情，其實原本杜陵，而秀過隨州，直當抗衡邊徐。歸愚宗伯謂李何有時而聲消響寂，邊徐不可磨滅。予於梅樵亦云然。常熟後學李書吉識。

# 賽嶼詩文輯佚

〔清〕賽嶼　撰

左志南　整理

# 敘録

賽嶼（一六九七至一七九五），字琢庵，號筆山，晚又號夢鼇山人，雲南石屏人。賽典赤贍思丁之後。賽嶼三歲而孤。十二歲時，游於石屏名士陳伉門下，爲陳伉所重。賽嶼於康熙五十五年（一七一六）補博士弟子員，雍正七年己酉（一七二九）舉於鄉。雍正十年（一七三二），曾於貴州科考任考官，乾隆十七年（一七五二）選授四川烘縣縣令。後爲人彈劾，解官歸里。賽嶼著述甚豐，當時有《夢鼇山人詩古文集》《行源堂時文集》行於世。乾隆四十四年（一七七九）八十二歲高齡時，賽嶼接受門人的延請，乘船東下，歷時八月而歸，又著有《南遊草》《揚州鼓吹》《回舟草》諸集。惜賽嶼所著書，今均已散佚。遺文散見於《石屏州志》《石屏州志續志》《滇詩嗣音集》《滇南文略》。此次整理即輯録上述賽嶼詩文，不及賽嶼創作之萬一，惟冀能爲讀者提供瞭解賽嶼創作之一斑。

## 石屏州葉西廳遺愛碑記

屏之邑州以下，貳於守者獨難。我山陰葉公佐治十餘載，勤勞拮据，雖古之良吏不過是也。公敏於政事，而又熟習土俗人情，凡所以興利除害者，往往佐守之不逮。如修學、築城、浚海、設市諸大政，前州守倡之於先，公獨一一董成於後，其維日不遑，爲向來佐治者所大難。以故公在時，群州人士皆稱之曰能。今粤西之役，不幸而公亡矣。回念學宫之焕然，城郭之巍然，公猶在人意中也。屏以東，海水洋洋，烟波浩渺外，公之棠茇在焉。過其地者，睹安瀾之慶，覺公之精靈宛在湖島上下間矣，而往來日中，至今不忘，仁人父老相傳以爲葉公市云。其銘曰：

公實在己，公名在人。於己無歉，於人猶新。追之金石，常被海隅。後有來者，以永今思。

載《石屏州志》卷五

## 李節婦傳

李節婦，賽氏大父右石公之季女，琪縣知縣璵之姑母也。節婦生半歲而孤，吾大母馬太君守節自矢，撫育教之。大母故明世襲臨安衛掌印千户天衢公女也，生府君一人，節婦女兄弟三人。長適漳縣尹建水張公鳳鳴，次適李公世用。節婦年十八，歸李公正詩。不及見其舅，事姑孝謹。家赤貧，卒無怨言。正詩公貿易歿於外，節婦年始廿一歲，即以死自誓。大母與吾府君慰止之。後有某姓求婚，鄰婦勸之嫁曰：『所餘數斛莜，能堪幾食乎？』節婦曰：『吾固安之，他非所願也。』其婦再勸之，節婦嚴拒之曰：『馬不雙鞍，女不二夫，吾母教之素矣。倘再多言，吾將以穢污之。』鄰婦慚而退。節婦性嚴毅，幼即端穆，大母愛憐之。吾母曲體其隱，先府君亦友愛無間，故能成其節。自府君之見背也，節婦失所依。其間婚嫁衣食之資艱辛萬狀，苦不堪言。迨余兄弟長成，迎與吾母並養。節婦每至垂涕以教，教必以正，不稍加詞色，較吾母更嚴切焉。余兄弟奉之維謹。

雍正癸卯元年，天子下詔旌節孝，吾鄉紳士首以節婦舉。余時在籍，請於節婦，節婦曰：『吾之守此，報亡人於地下，寧爲名耶？』遣子謝却之，事遂寢。節婦生女一，適林；曾男一，廷機；孫女一，皆先節婦卒。節婦生於康熙丙午，卒於乾隆戊午，年七十有三。節婦愛余如己出，卒之歲，余館於都門，不克憑其棺而臨其穴。余兄弟子侄祔葬節婦於李氏祖塋之側，承志也。贊曰：『天之待節婦酷矣哉！使子女後節婦而歿，則其心慰。即不然，或尚留一綫，則節婦之心亦慰。兩者俱不可得，而白髮一老，蕭然獨存。嗚呼，酷矣！』

元江太史馬宜臣先生爲節婦外弟，嘗欲傳其事而不果。節婦今又歿二十年矣，倘湮没弗彰，誠後死者責也，余故論著之。

## 馬節婦傳

賚璵，璵字琢庵，石屏人，雍正己酉舉人，官琪縣知縣。乾隆己酉重與鹿鳴宴，恩賞進士。

節婦姓馬氏，處士馬公元忠女，母林氏。節婦幼淑慎，寡言語，生十餘歲，族黨罕見其面。年十七，歸馬有齡。其舅騰高早喪，遺姑李氏，煢煢一寡母。節婦善事之，能得其歡心。家赤貧，安之若素。癸未，有齡貿易在外，病死，年方二十四歲。節婦年廿三歲，生子萬元。匝一月，節婦聞之，哀慟欲絶。其父母慰止之曰：『兒何至於是，覩此呱呱者安所托也。予兩人尚存，必不以衣食廛吾兒憂』。節婦曰：『兒失所天，夫復何顧。雖然，兒得撫此孤以報亡人，則歿者存者皆銜恩也。誓不以此生易其志。』其父屋旁置一耳房以安之。節婦工紡織，勤勞不輟。晝則爨飲食以饌父母，夜則藐孤在背，織梭在手，悲泣之聲與機聲相應，鄰佑聞者，俱爲泪下。夫弟兩人，皆先節婦卒。其姑歿，喪葬如禮。迨至萬元成立，而節婦亦荏苒衰病矣。

雍正元年癸卯，天子下詔旌節孝，節婦以年未合例，未蒙旌表。至於今日，而節婦已歿十五年。余自蜀宦歸，其子泣請曰：『萬元不幸，父早亡，賴吾母苦志以守，俾至於成人。今逢州志纂修，而母行弗彰，則罪通於天。祈賜一言，以傳於後。』余惟節婦之能成其節，賴父母之得所依歸。且家素未習詩書，而卒能徇志苦守，無背聖賢之訓。又其子克自樹立，惓惓於母氏劬勞，誠有可嘉者。余爲節婦比鄰，知之最悉，不敢以不文辭。節婦生於康熙庚申，卒於乾隆乙丑，享年六十有六。子一，萬元。孫四人，曾孫三人。贊曰：

余讀歸震川先生陶節婦諸傳，而嘆天下惟節婦之志爲獨苦。士大夫之表揚，不宜後也。在富饒者猶易托於有餘之口，而貧窶者往往泯滅而弗彰。余恒痛之。今觀馬節婦，生孩始一月，家無擔石，而能矢志冰霜若此，以視夫家有贏餘克自守者，其志不更苦歟？余故特著之。

載《滇南文略》卷三十四、《石屏州志》卷六

## 陳吏部存庵師傳 附月塢師

滇自謝存莪先生督學，而後風氣日上，名士林立，文章經濟之儒，卓然成家，直與江浙埒。而滇中三傑，尤號特出。三傑者，昆明王太史疇五思訓、元江馬太史宣臣汝爲，與吾師陳吏部也。先生諱沆，字存庵，號湖亭，雍正甲辰進士，由武陵尹歷衡州、處州兩太守，晉吏部稽勛司員外。

先生幼聰穎，讀書數行俱下，過目即不忘。年十九，補弟子員，次年食廩餼，每試必冠其

儕，歷任學使多延入幕衡。文若德州孫公子未督學黔中，以書幣來聘，疇五太史試江西亦然。蓋自康熙戊辰以來，學者溺於時文之習，萎薾陳腐，互相沿襲。先生以清真雅正之作，掃除而更新之，比於武事，摧陷廓清之功不小。而先生古文詞，氣味高潔，綽有歐曾遺風，乃困有司者幾四十年。先生略不介意，日與其徒討論文事於三島九曲之上，人以爲明經老矣。癸卯龍飛之歲，西林相國鄂文端公典試雲南，拔先生於廢卷之中，謂擺落鉛華，丰骨遒上。贈以詩曰：『疏才濫奉輶軒使，老友反憐弟子行。』誠重之也。次年成進士。

釋褐後，奉旨即用，籤掣山東之鄒平。世廟嘉其材，調授湖南武陵。先生甫下車，捐金修文廟。丁未水災，飢民數千橫行洞庭湖，搶掠官商二十餘，案勢洶洶不測。先生惟静鎮之，從容辦理，戮其首，餘俱省釋。又徽商方姓貸旗員王銀五萬金，子母三倍矣。王没，而門下周士勛每歲來索，假王府鈞旨，前令不敢詰。先生獨繩之，以券還商，以周繫獄，解赴刑部，患遂息。制軍邁公督楚，以臬司之薦，題陞衡州守。先生揭聯於堂云：『察吏所以安民，惟是揚清激濁；益下何妨損上，敢辭茹蘗飲冰。』所行即所言也。先生治衡，豁粤商養廉額例，修石鼓書院，復朱、張講學之舊。買腴田作生童膏火資，修《衡陽郡志》，政事卓卓可紀，至今人歌思之。

先生性至孝，在武陵任時，思迎養贈公，以年老戀鄉不往。及擢衡守，思親彌篤，遇良辰輒泫然泣下，遂得怔忡病。告歸，至鎮遠，聞贈公已捐館舍，悲慟幾絶。服闋後，念兩尊人未邀封典，循例赴補。其治處亦如治衡，而廉正剛方，與大吏忤，召還補銓曹。余適以春官留京師，侍几席最久。後年逾七十，乞休歸里，白髮蒼然，猶手不釋卷。及余赴選都門，而先生逝矣。卒年八十有三。未卒前七日，有星隕於祖居之後，闔室驚愕。及先生没，始知其兆云。先生門下士二百餘人，而獨視余猶子。自易簀後，予吏蜀罷歸，屢夢先生諄諄訓誨，若有所囑，此余所爲傳先生而淚不禁涔涔下也。先生胞叔曰月塢先生，諱桂升，亦余蒙師也。文章經術與先生齊名，學者稱爲二陳。不幸賫志以没，此天道之難知者。贊曰：

先生丰度魁梧，居然臺閣風流。内寬外嚴，端凝如山立，雖燕閑坐不傾側，而文章政事兼擅其長。曩讀《明史》列傳，歸熙甫入循吏，而或又以儒林擬之，先生殆其嗣音歟？

載《續石屏州志》卷二

## 七政考 縣尹賽璵

嘗考《舜典》『在璿璣玉衡，以齊七政』，先儒蔡氏注云：『指日月五星也。』又言：『此舜初攝位，整理庶務，首察璣衡，蓋歷象授時所當先也。』及考《堯典》『歷象日月星辰』，蔡氏所注歷以紀數之書，象以觀天之器，即下璣衡之屬，星則二十八宿爲經，五星爲緯，辰則日月所會之次。由是以觀，則二十八宿、十二辰與日月星辰皆附於璣衡之上。至此章原本《孔傳》，止以日月五星爲言，其意若增二十八宿十二辰，則於『七政』二字有礙，故仍孔氏之解而不易耳。卓哉！前明周文安《洪謨疏奏孝宗》曰：『七政者，恐指三光四時而言。故堯命羲和，日中星鳥以殷仲春，日永星火以正仲夏，宵中星虛以殷仲秋，日短星昴以正仲冬。又期三百有六，旬有六日，以閏月，定四時成歲。是可見考中星於二十八宿，而後可以正四時；考日月會次於十二辰，而後可以定氣朔。則璿璣之上，豈可獨察日月五星，而遺二十八宿及十二辰者哉？』吾嘗讀是疏，而竊嘆周子之於先儒，非有心翻案也。蓋經解要於精詳，而考核務期明辨。若稽古帝堯，際泰交之中，會克明峻德，乃命羲和以中星正四序，爲萬世歷法之宗，斷無有七政祇言日月五星之理，則敬授人時之謂何？而況《堯典》歷象，蔡氏注疏則以璣衡爲據，《舜典》璣衡注疏則以歷象爲引，是四時三光之義，蔡氏已括寓其中。獨疏七政，仍以《孔傳》爲言，周文安所謂自相牴牾者，此也。自舜迄今，歷世四千餘年，無人不以日月五星爲七政。康熙己未，詔舉博學鴻辭科，御試璿璣玉衡賦，大都不外孔氏之言。而吾細繹書旨，以經解經，則周子三光四時爲七政，斷斷無疑。破千古之惑，成不朽之論，先儒有知，亦當引爲起予也夫。

載《續石屏州志》卷二

## 南陵秋感

廿年燕市客，江上更淹留。細雨寒蟬夜，微風碧樹秋。向人羞短髮，何日買歸舟。羈旅心中事，空餘百斛愁。

## 元江旅懷

白沙淺處見扁舟，日日人來古渡頭。土屋千家環郭近，長江一水抱城流。雲蒸烟樹常疑夏，雨落郊原卻似秋。逆旅蕭條身是客，客中時起故園愁。

## 旅夜書懷

笑語如聞夢覺非，茅齋遥想幼牽衣。幾回腸斷空山夜，游子天涯尚未歸。

以上載《滇詩嗣音集》卷一

## 喜客泉弔古

雲根錯落城西路，千鱗萬爪龍盤固。山川鍾靈石竅開，中藏烟霞紛無數。無數烟霞游人來，憑欄倚檻醉石臺。白首欲近空碌碌，人生不飲何爲哉。我亦挈伴泉邊酌，坐看跳珠日噴薄。寂寂不聞梵音響，滚滚惟見浪花落。花落花吐如含情，莫道有聲勝無聲。静觀吾身皆泡影，堪破人世等浮生。回首往事一彈指，治耶亂耶總幻耳。登眺四顧感慨生，悲歌全歸夕陽裏。君不見緑荷翠蓋滿池頭，西風冷落不勝秋。又不見百年衣冠空杯酒，文武第宅今在否。惟有高風追昔賢，六公口碑萬人傳。我來悵望祇空還，明月正照喜客泉。

## 田家二首

平生多野意，適志愛田家。一水千竿竹，半窗幾樹花。往來忘爾我，聚處話桑麻。有酒陶然醉，年豐樂歲華。

何知金紫貴，耕鑿是生涯。鋤月占星候，犁雲罷日斜。牛羊歸屋裏，烟火滿人家。童稚無餘事，吹聲起暮笳。

## 夏日遊水月寺

放歌南去異湖邊，坐對空明四壁天。静悟禪心僧寂寂，香圍荷蓋葉田田。曉凌碧浪波千頃，晚載清光月一船。盡日沉吟登覺岸，開尊夜雨枕流眠。

以上載《石屏州志》卷七

## 二忠祠

落日雙忠廟，北邙古道斜。陰房飛鬼火，寒木下神鴉。同氣凌霄漢，一心報國家。英風猶凛凛，馳驟走風沙。

赫赫鳴金鼓，森森肅令儀。雞豚來遠近，婦豎起謳思。獨活生無願，捐軀志不移。至今山頂月，猶照海南祠。

## 和蔣公午峰沙堤新築原韻

遲日海門望水涯，使君膏澤導流沙。治河寧讓賈三策，作賦應推温八叉。已喜甘棠留茇舍，更教斥鹵變桑麻。龍湖不亞西湖景，比似蘇堤豈漫誇。

以上載《續石屏州志》卷二